JN077964

ラブシーンのあとで

安西リカ

新書館ディアプラス文庫

ラブシーンのあとで

contents

ラブシーンのあとで ······························ 005

あとがき ······································ 222

illustration：楢島さち

ラブシーンのあとで

Love Scene

no

Atoðe

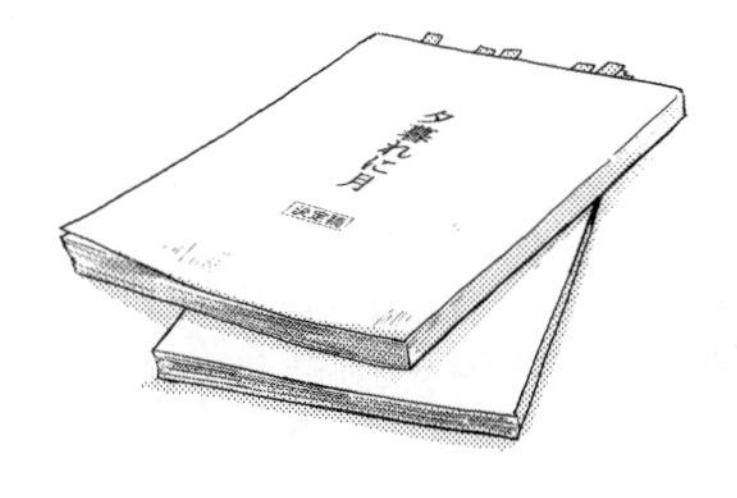

モデル、俳優、ミュージシャン、アイドル。

生身の魅力で他人の視線を集め、熱狂させるのが身上の生業はたくさんある。

シンガー、ダンサー、古代の巫女や預言者、そのくくりなら宗教者やカリスマ政治家も入るのか。

じんわりと手の平に汗をかき、でもこんなに緊張しているとは気取られたくなくて、碧はどうでもいいことを考えて気を紛らわせた。

オーディション会場は、古い雑居ビルの一室だった。普段は貸会議室として使われているようだが、低い天井やくすんだクロスに昨今の日本映画の平均製作費を考えさせられる。

とはいえ作家性の強い作品には秀作も多く、中でも久坂陣の作品はここ数年碧の心を揺さぶり続けていた。

久坂さんの映画に関わりたい、どんな端役でもいいから、と事務所に訴えていた甲斐あって、来年公開予定の作品にオファーがきた。主人公の女性に思いを寄せる同僚役だ。

『岸隆文。友莉子の同僚。繊細で気の優しい青年。二十二歳。やせ型でやや小柄。整った顔をしているが眼鏡と地味な服装のせいで気づかれにくい』

外見と、子役時代から培ってきた碧のイメージ通りの役どころだ。もらった脚本を読みこんでいたら、作品のキーとなる別の役はオーディションで決めると聞いた。

『宇都宮。二十代前半。友莉子が週に一度だけスイーツを買いに行くコンビニの店員』

ほぼ台詞もない役だが、碧はどうしてもその宇都宮のオーディションを受けたくなった。十中八九、自分には勝ち目などない。わかりすぎるほどわかっていたが、それでもチャレンジしたかった。

四人掛けの長テーブルは等間隔に並べられて八卓ある。書類選考で残った候補者は最大三十二人ということだ。

「え、中原碧？」

「どこ？　まじ？」

「うぉ」

碧は入り口から一番奥の長テーブルに自分の受付番号を見つけて着席していた。まだ半分以上が空席で、あとから入って来た三人組が碧に気づいてつつき合っている。

「なに、中原碧オーディション受けるの？」

「やべえ、終わった」

「えー、でもわざわざなんで？」

雑音はシャットアウトしたかったが、三人が注目したことで、碧に気づいていなかった近くの応募者もこっちに視線を向けてくる。面倒くせえなと舌打ちしたい気持ちを隠し、碧は耳打ちし合っている無名の三人に目をやって、はにかむような表情を浮かべて小さく会釈した。

テレビモニターに映る自分を気が遠くなるほどの回数目にしていて、どう振る舞えばどう見えるかは熟知している。

僕も緊張していますので、どうかお静かにお願いします——謙虚で礼儀正しい「中原碧」の控えめな目配せに、小声でやりとりしていた三人が大人しくなった。

いちいち「感じが悪い」と思われないようにふるまうのは面倒くさいが、一方で「中原碧」に気づいてくれたのはありがたかった。

ごくごく一部のファンをのぞけば、碧は「芸能界のおしどり夫婦・中原雄介と藤咲道子の長男」であり「美容系インフルエンサー藤咲千春の弟」としてぼんやり認知されている程度だ。華やかな芸能一家に生まれて芸歴だけは無駄に長いが、正直、ぱっとしない。

実際、彼らが来るまで周囲は誰も碧の存在に気づいていなかった。

ここに来ているのは無名であってもそれなりの役者志望者たちで、その中で生身一つで視線を集め、注目させるような力は自分にはない。

どこにいても絶対に埋没しない存在感というのはやはり生まれ持ったものなのかな——と考えかけて、ふと先日出会った男の顔が頭を過った。

今日、ここで会うだろうかと気にしていたが、まだ彼は姿を見せていない。

席はどんどん埋まり、碧はなんとなく嫌な予感を抱きながら空いたままの右隣に目をやった。

戸口のところで受付番号をチェックしていたスタッフがスマホで時間を確認し始めている。時間厳守の受付時間終了まであと五分で、見たところ空席は碧の隣を含めて二つあった。

「すみません」

聞き覚えのある声がして、長身の男が戸口に姿を現した。森田だ。碧はどきっと息を呑んだ。

森田はロングスリーブのカットソーにデニムで、リュックを肩にかけていた。ちょっとそこまで用事があったんでついでに寄りました、とでもいうような緊張感のなさで、実際森田の内心はそんなところだろう。

本当に腹が立つ。

口が大きく、首はがっしりと太く、森田は決して容姿に優れているわけではない。けれど溢れるようなエネルギーで見る人を惹きつけた。

受付終了時間ぎりぎりに来たくせに、スタッフから番号を受け取ると、森田は悠然とした足取りで歩き出した。全員が森田に注目している。空席は真ん中にひとつと、あとは碧の右隣だ。

予感通り、森田は真ん中のもう一つの空席を通り過ぎた。近づいてくる。心臓が速くなっているのに気がついて、碧は唇を強く引き結んだ。森田が碧のすぐそばで立ち止まった。

「――」

大きな手が椅子を引き出し、そこでようやく森田は碧に気が付いた。

――無視かよ。

相手の出方次第では無難に会釈くらいするつもりだった。

森田は一瞬だけ動きを止めたが、すぐ無造作にリュックを下ろし、碧のほうなど見ることもせず着席した。無意識に息を止めていた碧も、むっとする内心を隠して前を向いた。悔しいが、まだ心臓がどきどきうるさく鳴っている。

「では時間になりましたので始めます。まずはオーディション番号と事前にお送りした書類に間違いがないかご確認ください」

スタッフの指示に従って、碧の左隣の応募者が封筒を開けた。

「あ、すみません！」

「だいじょうぶですよ」

中から書類を引っ張り出そうとして、緊張からか碧の前にまでばらまいてしまった。碧は笑顔で書類を戻してやった。

「ありがとうございます」

「いえ」

そのとき、右隣の森田がふっと笑う気配がした。

猫被（かぶ）りやがって、というような馬鹿にした笑いだ。

思わず横目で睨むと、森田は肩をすくめた。そして相変わらず目を合わせようとはしない。

どこまでも腹の立つ男だ。

頼まれたから日当（にっとう）目当てで来ただけで、森田は本気でオーディションを受けようとは思っていない。

でもまず間違いなくこいつが役をさらっていく。

碧は膝に置いていた手をぎゅっと握り、深呼吸した。

ゼロに近い可能性だとわかった上で、自分は今ここにいるのだ。

まだなにも決まったわけじゃない。

1

森田拓斗と出会ったのは半月ほど前のことだった。

その日、碧は学園ドラマの撮影でテレビスタジオにいた。教室シーンの溜め撮りで、メイク室は朝から人の出入りがひっきりなしだった。

「お願いします」

今日はこれ早い者勝ちだな、と碧は三つ並んだメイクスペースが空いたところを見逃さずに滑り込んだ。

「はーい、よろしくね」

前クールの撮影で顔見知りになっていたメイクさんはほがらかな女性だ。

「中原君、相変わらず肌きれいねえ」

「そうですか？」

「二十歳前後の男の子ってどうしても脂質過多でトラブル出がちなのに、つるっつる。食生活も気を付けてるんでしょ」

「ほどほどですよ」

ビタミンを摂るように心がけてはいるが、肌が強いのはたぶん母親からの遺伝だ。

「中原君のお母さんもずっとお綺麗だもんね」

メイクさんも同じことを考えていたようだ。

「中原君はなにもしないほうが自然でいいくらいだけど、他の人とのバランスがあるからね」

メイクさんがいたずらっぽく小声で言った。

高校の制服を違和感なく着ていられるのはいくつまでだろう。

碧は今年二十一になる。生徒役キャストはみな同年代で、人によってはかなりコスプレ感が出てしまっていた。碧は童顔のほうだが、それでもせいぜいあと二年だよな、と自分で思う。

「中原君、オッケーです」

眉と肌色の補正をして、メイクさんが大声で進行スタッフに合図を出した。

「ありがとうございました」

立ち上がりながら鏡に映る自分に目をやって、碧は小さくため息をついた。今風にセットされた髪にチェックのブレザー。少女漫画の実写ドラマに出るのはこれで四本目だ。

いずれも準主演のポジションで、ヒロインに横恋慕したり、ヒロインの恋を応援したり、ヒロインの相談役を務めたりする。共通して「育ちがよく、優しくて誠実」なキャラクターだ。ヒロインの相手役は決まってワイルド系なので、その引き立て役ならどうしても優しい王子キャラになる。おまけに事務所から「うちの中原のイメージに傷がつくので」性格に難のあるキャラにはしないでほしいと要望が出る。結果として毎回同じようなポジションの、同じようなキャラクターを演じることになった。

アクティングスタジオに通い、トレーナーに指導を受け、自分なりに演技の幅を広げる努力をしても、それを活かせるチャンスはなかなか巡ってこない。

「碧、笑顔笑顔」

男子生徒役でまとめられた控室に戻ると、思いがけずマネージャーの安土がいた。

「笑顔大事よー、笑顔」

そう言う安土はほぼ無表情だ。

控室は畳敷きで、奥のほうでキャストが三人ほどスマホゲームに興じている。安土はローテーブルの前にあぐらをかいて差し入れらしいプリンを食べていた。

「え、安土さんどうしたの？」

「どうしたのって、俺マネージャーですよ」

「現場来ないので有名じゃん」

「ひどいなあ」

表情にバリエーションのない安土は口調も抑揚がない。はっきり年齢を聞いたことはないが、五十代前半といったところだろう。碧が子役時代からお世話になっていた女性マネージャーが出産退職したタイミングで、風俗業界から入ってきた。事務所の社長が「とにかく嬢の扱いがうまいって聞いて」スカウトしたらしい。ここ数年ですっかり頭頂部が寂しくなり、ひょろひょろと痩せているので頼りなく見えるが、社長が見込んだとおり精神的に疲弊しがちなタレントのケアは抜群に上手かった。

「オーバードーズでふわふわ～ってのは幻想だからね、ゲロまみれで発見されて胃洗浄で地獄みましたってのが現実だから」「リスカやりたくなったら料理すんだよ。包丁で野菜切り刻んだり、魚捌いてるうちになんとかなるから」

電話口でそんなことを言っているのを聞いて最初のうちはぎょっとしていたが、特に思いつめがちなアイドル志望の女の子たちには絶大な人望があった。気持ちを理解しつつ同情しすぎないのがポイントらしい。そして風俗時代からの嗜みとして商品にはぜったい手を出さない。

「たとえおっぱいを押し付けられようとも『このおっぱいなら次の仕事もとれるよね、がんばろ～』ってのがマネージャー」

常に飄々としているが、しっかりタレントを売ろうとしてくれているのは間違いなかった。最初のうちこそ細々と世話を焼くタイプの前任の女性マネージャーとの落差に戸惑ったが、つき合いはもう十年になり、碧も今では安土に全幅の信頼を置いていた。

「リハまでまだちょっとあるみたいね」

安土が壁掛けの時計に目をやった。

「碧も食べる?」

スリッパを脱いで畳に上がると、安土がスプーンを差し出した。

「食べかけよこさないでくれる?」

「あそこにあるよ」

安土が入り口の長テーブルのほうをスプーンで指した。「中原碧さんからの差し入れです」とスタッフの字で書かれた保冷バッグが置いてある。

「あ、安土さんが差し入れしてくれたんだ」

「今日から演出、久坂さんでしょ」

安土がなんでもないように言った。

「ちょうど時間もあったし、久坂さんにはご挨拶しておこうかなって」

碧が久坂陣に傾倒しているのは安土も承知している。来年公開予定の映画に関われるようになったのも、安土の地道なアプローチあってのことだ。

「オーディションの件もお礼言っときたいしね」

「うん」

オファーをもらった同僚役をいったん保留にして、碧は作品のキーになる役のオーディションも受けさせてもらえることになった。かなりイレギュラーな対応で、これも安土の交渉のおかげだ。

「いろいろありがとうね」

「仕事ですから」

常に淡々としているが、大事なポイントは確実に押さえてくれる。

安土はプリンをたいらげて、「やっぱりここのオレンジプリンは絶品」と満足そうに呟いた。

「差し入れ、自分の好きなもの最優先で選ぶよね」

「そのくらいは役得でいいでしょ。じゃ、ちょっと久坂さんに挨拶行こうか」

安土がひょいと腰を上げた。

映画制作が本職だが、シアター系の監督だけで食べていくのは難しく、久坂の主な収入源はもっぱらドラマ演出のようだ。ネット配信のドラマが増えて、腕のいい演出家は引っ張りだこなのだと耳にしていた。今回の学園ドラマは全十回の作品を演出家三人が交代で担当する。

「どうもー、お世話になります。エースプロの安土です」

スタッフから喫煙ルームにいると聞き、二人でスタジオの奥まったスペースまで足を運んだ。さすがに挨拶のときは安土もワントーン高い声を出す。

「ああ、どうも」

久坂はリラックスした様子でディレクターとなにか話し合っていたが、安土と碧を認めると、すぐ喫煙ルームから出て来てくれた。

「すみません、お話し中に。ちょっとご挨拶をと思いまして」

安土が腰を低くしている横で、碧も「今日はよろしくお願いします」と頭を下げた。

「こちらこそよろしく」

デニムにパーカーの軽装で、久坂は手入れされたあごひげとマットフレームの黒縁眼鏡がトレードマークだ。三十代の後半にはなっているはずだが、小柄なせいかもっと若く見える。現場で大声を出す監督や演出家はまだまだ多いが、久坂は理性的なタイプでスタッフや役者には評判がよかった。今まで四本の映画を撮っていて、いずれも海外の小さなコンクールではあるが複数の賞を取っている。碧は二年前にアジア映画祭で監督賞を取った『アンダーブリッジ』に心を奪われて以来、久坂の監督作品はもちろん、演出に関わったドラマも過去作まで遡ってぜんぶ見ていた。

「オーディションの件、わがまま言ってすみませんでした」

「いえ、むしろ光栄ですよ」

久坂は穏やかに応えてくれたが、内心可能性はないのにと思っているだろう。それでもよかった。自分が本気で久坂陣の作品に関わりたいと熱望していることを知ってもらえるだけでいい。

「それでは、休憩中におじゃましました」

安土と控室に引き返しながら、碧はオファーとともにもらった久坂の脚本を思い返していた。

作中のキーになる男には、ほぼ台詞がない。

コンビニの店員で、主人公の女性が囚われ続けている「昔の男」に重ねて描かれる。直接言葉を交わすこともほぼなく、ひたすら眺められるだけの役だ。

この役を演じるには、絶対的ななにかが必要だ。

主人公の女性が見つめ続けるのに足りる存在感がなければ映画が成り立たない。

クランクインまであとわずかの時期にオーディションを行うということは、それだけ慎重に選んでいるということだし、候補者を絞り切れていないということだ。

応募自体は一般からも受け付けているが、水面下で何人かに声はかけているだろう。碧はそこには入っていない。当然だ、と思ってしまう自分が歯がゆかった。だからこそ挑戦する。

アクシデントが起こったのは、数人の生徒が揉み合う最終シーンの撮影中だった。

「ストップ！」

「すみません、沖田君が」

「どうした？」

「みんな下がって！」

大きな物音がして、突然撮影が止まった。

碧は次のカットから入る予定でセットの外で待機していた。角度的によく見えなかったが、机や椅子が派手に倒れる演出中、キャストの一人に椅子が激しくぶつかって転倒したようだ。

「立てるか？」

「大丈夫…じゃないな」

「すみません！」

「おーい、日高！」

ＡＤが呼ばれて急に慌ただしくなった。尻もちをついていたキャストは足をひねったのか、手を貸してもらってもうまく立てない様子だ。

「すぐ病院連れてって！」

「こっちどうします？」

「いったん中止」

メインカメラの前にいた久坂がチェアから腰を上げた。

「彼、背が高いから別の子に替えると前のカットから違和感出るよね」

スタッフに付き添われながら出ていくキャストを見やって、久坂がこめかみのあたりを指でかいた。直前のシーンをすでに撮っているので、そことの整合性を考えているようだ。

「最初から撮り直しますか？」

「うーん…」

「だいぶ押してますし、角度変えれば大丈夫じゃないですかね」

モブシーンなのでそのまま続行しても大きな支障はない。久坂の判断だ。

「ちょっと確認してみようか。五分だけ待ってくれる？」

「はい」

「五分休憩！」

「五分です！」

撮影済みの映像を確認してからの判断になり、キャストはそれぞれセットの椅子や机に腰かけて休み、スタッフも水分を取ったりカット割を確認したりし始めて緊張が緩んだ。碧は気分転換にスタジオの外に出た。いつもの学園ドラマ、いつもの王子キャラなのに、演出が久坂だと思うと必要以上に肩に力が入ってしまう。

「あれ、安土さんまだいたんだ」

スタジオの外のベンチで安土がスマホを片手にリラックスしていた。常に複数の予定を抱えている安土が撮影終了までいるのは稀だ。

「このあとアユミちゃんのプロモーションが近くであるから、それまでの時間つぶしね」

「時間つぶしって」

「怪我人出たんだね」

安土が首を伸ばしてスタジオのほうを見た。

「そんなひどくはなさそうだったけど、足やっちゃったみたい」

「こりゃ押しそうだね」

スタジオの外の廊下は、セットを出し入れする関係でかなり広い。ちょっとした会議室ほどのスペースに、小物類をおさめたコンテナボックスやウォーターサーバー、差し入れを並べた長テーブルなどが置かれている。アクシデントでスタッフやキャストが足早に行き来していた。

「失礼しまーす」

碧がサーバーから水を飲んでいると、階段室のドアが開いて、背の高い男がひょいと入って来た。真っ赤なスタジアムジャンパーにキャップを被(かぶ)っている。手には保温バッグを持っていて、ピザのデリバリーサービスだとすぐにわかった。撮影のあとはいつもここのピザが配達される。

「商品お届けにあがりましたー」

「ちょっと、ここスタジオだよ！」

近くにいたフロアスタッフが慌てて近寄って来た。

「えっ、でも四階って言われたんですけど」

「フロア違うよ。でもまあいいや、そのへん置いてて」

「ども」

廊下とスタジオのドアはフルオープンで、機材の前で映像をチェックしていた久坂がふと振り返った。

「領収書と、こちら次回からご利用できるクーポンです」

「ちょっと待って！」

毎度ありがとうございました、とウエストポーチを直しながら帰ろうとしていた配達員を、久坂が大声で呼び止めた。

「君、身長何センチ？」

「は？」

久坂が早足でスタジオから出て、彼の前に立った。

「背が高いね。百八十五くらい？」

「七すね。春に測ったときで百八十七でした」

スタッフが一斉に注目したが、男は特に臆することもなく普通に答えた。

「名前は？」

「森田ですけど」

「森田、なに？」

「森田拓斗」

「ごめん、キャップとってもらっていい？」

「はあ」

久坂が矢継ぎ早に質問するのに、さすがに鼻白んだ様子でピザのマークがついたキャップを取った。二十歳前後の大学生、という感じだ。碧は意味もなくぎゅっと拳を握りしめていた。

「なんすか」

森田は怪訝そうに周囲に目をやった。久坂の反応をスタッフやキャストが注視している。日焼けした頬、大きな口、森田はとりたてて整った顔立ちをしていない。けれどなぜか人を惹きつける。

「森田君、ちょっとだけ時間もらえないかな」

久坂が笑顔を浮かべた。

「え？ 俺、バイト中なんすけど」

「十分でいいんだ。そこのピザデリバリーのバイトだよね？ 店に許可もらうからちょっと待ってて」

久坂が指示する前にもうスタッフがスマホを耳に当てて交渉を始めていた。

「ちょうど今は人手も足りてるので七時までならＯＫということです」

しょっちゅう大量注文しているという事情もあるのか、すんなり許可が出た。

「どうかな。もちろんバイト代も出すから、頼まれてくれないかな」

久坂が熱心に口説いている。突発的なキャストの代打、という以上に、久坂が彼に強い興味を覚えているのが伝わってきた。

「でも俺、こういうのやったことないんですけど」

「大丈夫。クラスメートがささいなことで揉めてるってだけのシーンだから」

そのあと主役のヒロインと相手役が教室に入って仲裁をする。二人が思わず手を触れ合わせてしまう、というきっかけをつくるだけのシーンだ。

「君の顔は写さない。今怪我した子がいて、君と背格好似てるから、その子の代わりにちょっと入ってほしいんだ」

「それでバイト代出るんすか?」

「もちろん」

へえ、と森田がその気になり、久坂はすかさず「それじゃ準備してきてくれる?」とADに託した。

「そろそろ撮影再開しますので、スタンバイお願いしまーす」

フロアスタッフが再び大声を上げた。生徒役の制服に着替えて来た森田に、ADが段取りと動きを教えている。

キャストがそれぞれの場所に立ち、碧もセットの端で出番を待った。

森田は特に緊張した様子もなく、制服に着替えて襟のあたりを直しながら位置についた。

カメラが回って、ADが久坂のほうを向く。

「はい、スタート!」

制服の生徒たちがスマホゲームをしながらちょっとした小競り合いを始めた。森田は教えられたとおりに首をつっこんで「やめろ」と制され、「いいじゃん」と相手を押し返した。「うるせえ」「なんだよ」と徐々に揉み合いになり、本格的な喧嘩になったところで碧の出番、そして主演のヒロインと相手役が出てくる段取りだ。

それにしても、たいした心臓だ。

碧はこっそりセット脇から森田を観察していた。

バイト先で突然ドラマ撮影に誘われ、数分後に本番という状況でこんなに堂々としていられる素人（しろうと）がいるのか。後ろからのカットで顔も映らないし、台詞があるわけでもない。それでも普通ならもっとぎこちなくなるはずだ。

「はい、オッケー」

森田は無難にモブをこなし、ぜんぶのシーンを撮り終えて、久坂が満足そうにOKを出した。ADが立ち上がって「本日はこれで全カット終了です、ありがとうございました」と大声を出した。

お疲れ、どうも、とスタッフやキャストがばらばらと労（ねぎら）い合いながら散らばっていく。

「森田君」

碧が予想していたとおり、久坂が森田を呼び止めた。

「君、役者に興味ない？」

「ないすね」

あまりにすっぱりとした即答に、水を飲んでいるふりで近くで聞き耳をたてていた碧は思わず森田のほうを見てしまった。

いくら関心がなくても、ドラマ撮影に参加した直後だ。おまけにあきらかに相手は自分に興味を持っている。少しは気持ちが揺れるのではないか、と考えるのは自分が業界にいるからだろうか。

「もったいないなあ。君、すごくいいものもってると思うんだけど」

「はあ」

心底興味がなさそうな森田に、久坂が苦笑した。

「それより、もう帰ってもいいすかね。七時になるんでバイト戻らないと」

「ああ、そうだね。ごめん」

それで諦めるのかと思ったが、久坂はもう一度森田を観察するように眺めた。

「あのね、僕今度映画撮るんだけど、その映画のオーディション受けてみる気はない？」

久坂の発言に、碧はどきりとした。

「オーディション？」

「どうかな、ちょっとやってみない？」

「やってみるって、今みたいなバイトですか？」

「そう。コンビニの店員の役なんだけど」

「コンビニの店員だったら、俺、先月までバイトしてました」

初めて森田が前向きな返事をした。

「そりゃいいね。どう？　台詞とかほとんどないんだ。ギャラ出るし、映像になったら記念になるよ。やってみたら興味出てくるかもしれないし」

熱心に言いながら、久坂がボトムのポケットから名刺を出した。

「ここのＱＲコードのサイトに応募要項あるから、気が向いたらエントリーしてみて」

「オーディションってのは日当出ないんですよね？」

森田の興味は金銭面にしかないようだ。

「うーん、そうなんだけど」

久坂は少し考えてから「僕が個人的に出すよ」と答えた。

「交通費入れて、一万でどうかな」

「日当で、ですか？」

「オーディション自体はせいぜい一時間か二時間で終わるから」

「それじゃ場所と時間見て考えます」

森田は無造作（むぞうさ）に名刺を受け取った。

「ぜひ前向きに検討して」

「わかりました」

「あっ、森田君。今のギャラ清算するからちょっといい？」

ADが呼びに来て、久坂は未練の残る様子で「じゃあね」と森田の肩を叩いて離れて行った。

碧は目立たないように二人に背を向けたまま、水を飲むふりを続けていた。「やっぱり」と「なんで」が交互に胸に湧いてくる。むかつく。悔しい。

もやもやした気持ちを抱えて更衣室に向かうと、清算を終えた森田が早足でうしろから来た。

メイクルーム横の男子更衣室は、生徒役のキャストがまだ何人か残って雑談に興じていた。

碧は一応大手事務所に所属していて、親の七光りとはいえそれなりに知名度もある。まったくの無名のキャストの中では一目置かれているはずなのに、森田とほぼ同時に入った瞬間、みんな森田のほうに注目した。

「お疲れ」

猛烈な嫉妬を押し隠して、碧はロッカーを開けている森田に声をかけ、にこっとしてみせた。

「あー、ども」

森田はちらっと横目で見て、「なあ、この制服ってどうしたらいい？」と訊いた。たぶん、彼は「中原碧」を知らない。

「おれが返却しとこうか？」

「いい？　そんじゃ悪いけど」

バイトの制服に着替えると、森田は時計やスマホ、ウエストポーチをてきぱき身に着け、キャップをかぶってロッカーを閉めた。なにげない動作なのに、キレがある。なぜかずっと見ていたくなる役者がいるが、森田にはその要素が備わっていた。

「じゃあこれ、よろしく」

丸めた制服を受け取って、碧はさりげなく森田と一緒に廊下に出た。

「なあ、久坂さんの映画のオーディション、受けんの？」

「わかんねえ」

碧が話しかけると、森田はわずらわしそうに眉を寄せた。

「受けるかも？」

「時間と場所による。二時間で一万なら割りいいし」

「つまり金ってことか」

悔しさがこみあげて、つい乱暴な物言いになった。森田が足を止めた。

「なんだよおまえ」

大柄な森田にねめつけられて、一瞬ひるんだ。

「オーディション舐めんなって言ってんだ」

ひるんだぶん、反発心が湧いた。

「バイトのつもりなんかで来るんじゃねーよ」

「は？　俺は頼まれただけだけど？」

「だからそんなんで来るな、っつってんだ」

森田の目に怒気(どき)が浮かんだ。

「なんでおまえに指図されなきゃなんねえんだよ」

睨みつけられて、碧もぐっと眸(ひとみ)に力をこめた。

「そんなにバイト代が欲しいんなら日当くらいおれが払ってやるよ」

「は？　なに言ってんだ？」

「目障(めざわ)りだから来るなっつってんだ！　何回も同じこと言わせんな」

「ちょっとちょっと、碧！」

いつの間にか大声で言い合いをしていた。通りかかったスタッフが驚いたように足を止めている。たまたま近くにいた安土が気づいて大慌てで近寄って来た。

「なにしてんのよ」

安土が周囲に頭を下げながら碧の腕を引っ張った。

「ごめんね、なんか喧嘩ふっかけたみたいで」

安土に腰を低くされて、口を開きかけていた森田が顎(あご)を反(そ)らした。

「別にいいすけど」

「来るなよ」

「碧！」

PIZZA

矛を収めて行きかけていた森田がくるっと振り向いた。

なんだよ？　と睨み返すと、森田はなぜか言い返さず、碧を見下ろすようにした。それから
ふん、と笑った。

完全に舐めているし、煽っている。

こっちの反応を読みきっている森田に、かっと頭に血が上った。

「碧！」

むかっとしてまた口を開きかけ、安土に制された。

「失礼しまーす」

わざとらしくゆっくり背を向けて、森田は階段を駆け下りていった。

「どしたのよ、碧」

子どもを落ち着かせるようにぽんぽん背中を叩かれて、碧はようやくクールダウンした。安
土があっけにとられた顔をしている。

「碧があんなに怒鳴るなんて珍しい。なにがあったの」

「ごめん、なんでもない」

急に恥ずかしくなって碧は首をすくめた。こんなことは初めてだ。いつもは事務所の方針通
りの「礼儀正しくて謙虚な中原碧」を貫いているし、もともと感情を抑えるほうなので初対面
の相手と口喧嘩するなど考えられないことだ。

「まあ、碧だってたまにはあるよね」

言いながら、安土が落としていた制服を拾い上げてくれた。

「あの彼、久坂さんのオーディション受けることになったんだ?」

安土が碧の苛立ちの原因にふと気づいた顔になった。

しょうがないなあ、と苦笑され、「さあ」と知らないふりをしたが、内心ばつが悪かった。

碧は「衣装さんに返却してくる」と自分の分と一緒に制服を丸めた。

オーディションを受けに来るのか、来ないのか。

やる気もないのに来るなよ、と思う一方で、なんとなくまた会うだろうな、という強い予感が胸に残った。

2

隣に着席した森田は、眠そうだった。

来るんじゃないかと予想していたが、まさか隣になるとは思わなかった。

スタッフが選考についての説明をしていて、オーディション参加者はみな背筋を伸ばしているのに、森田は浅く椅子に座って生欠伸をかみ殺している。明らかにただの日当目当てだ。

もしかして苦学生かなんかだろうか、と碧は横目で森田を観察した。たぶん、違う。

着ているものはなんの変哲もないカットソーにデニムだが、特にくたびれているわけではないし、椅子の背にかけているマットな素材のリュックや腕のスマートウォッチなどを見てもそこまで金に困っているようには見えない。

碧が見ているのに気づいているのかいないのか、森田はただ退屈そうに前を向いている。

自分はゼロに等しいチャンスをつかみたくてここにいるのに、と思うとその余裕の態度が腹立たしかった。

「では、並びの四人で移動してもらいます。前列から順番に呼びますので、それまでこの部屋で待機してください」

スタッフの説明に、碧の左隣の二人が小さく嘆息(たんそく)した。最後列なので最後の四人になる。待ち時間が長いのはプレッシャーだし、たぶん「中原(なかはら)碧」と同じグループというのも不運だと思っている。

森田はスタッフが出ていくとスマホとイヤホンを出して動画を見始めた。完全に時間つぶしの態勢だ。

碧は提出書類に目を落とすふりで時間を測(はか)った。四人ずつの選考なら自己紹介と簡単な質疑応答、そのあとワンアクションを求められて十分くらいかな、と見当をつける。

「次お願いしまーす」

選考は廊下を隔(へだ)てた向かいの部屋で、スタッフが予想よりずっと早くドアを開けた。

「え、早くね？」

「なあ」

周囲も碧と同じことを考えていたらしく、驚いたようなやりとりが聞こえた。時計を確認すると五分もかかっていない。一人たったの一分見当だ。

「お願いします」

多少のばらつきはあったものの、一組五分の高速スピードで選考が進み、とうとう順番がきた。

「どうぞ」

廊下で待機していると前の組がぞろぞろ出て来て、一呼吸置いてスタッフが中へと誘導した。碧の左隣に座っていた二人のあとから碧、最後に森田が部屋に入った。

「よろしくお願いします」

会議室はがらんとしていた。窓際の長テーブルに久坂（くさか）とプロデューサーらしい男が並んで着席していて、その横のパイプ椅子に年配の男女が一人ずつ座っている。よくある光景だ。

「では番号順に、名前と年齢、所属をお願いします」

誘導してきたスタッフに促（うなが）されて、最初の一人が一歩前に出た。

「オキツタカヤ、十八歳、アポトーシツに所属しています」

「ハヅキミチハル、二十三、劇団シンバル所属です」

「中原碧、二十一、エースプロ所属です」

「森田拓斗、二十一、所属はなくて、明邦大の四年です」

同じ年なのか、と緊張しながらも碧は森田のプロフィールを聞き取った。

そしてこの前はそこまで気が回らなかったが、森田はいい声をしている。いわゆる美声というのではなくて、ほんの少し低音で、ほんの少し甘い。不思議に耳に残る声だ。

久坂は選考用の書類に目を落としていたが、森田のときだけ顔を上げた。

「それじゃ、オキツ君から順に、上手から下手に歩いて行って、下手から上手には走って戻ってください」

自己アピールとか、特技とか、よくある質問は一切なく、一人ずつ広い会議室を横切って歩き、走って戻った。

「ありがとうございました。選考は以上になります」

なるほどこれなら五分で終わる。

そしてやはり森田は動きにキレがあった。以前、更衣室で着替えているのを見たときにも思った。運動神経もきっといい。ただ歩いているだけ、ただ走っているだけなのにもっと見ていたい、と思ってしまった。

「森田君と、中原君はちょっと残ってください」

ありがとうございました、と頭を下げて部屋を出ようとしたら、プロデューサーの男に呼び止められた。

他の二人が顔を見合わせ、肩をすくめるようにして出て行った。

久坂とプロデューサーは小声でなにかやりとりしたあと、立ち上がって両脇にいた年配の男女とさらに話し合いを始めた。

「どうも、今日はお疲れ様でした」

手持無沙汰で突っ立っていると、久坂が近寄って来た。今日は白いシャツにコットンパンツで、髪もきれいにセットしている。

「二人と少し話がしたいんだけど、もうちょっとだけ時間もらえるかな？」

森田はあまり嬉しくなさそうだったが、碧が従うと、しぶしぶの様子でついてきた。

「悪いね、時間とらせて」

ビルの地下にある古びた喫茶店に入って、四人掛けの席に落ち着いた。他に客はおらず、メニューもドリンクの他にはサンドイッチくらいしかない。ビル内の打ち合わせ場所として使われている店のようだ。

「時間もないし、もう回りくどいことは省いて単刀直入に話すけど、森田君、この役を引き受けてくれないかな」

「え？」

注文した飲み物が運ばれてきて、久坂が切り出した。ストローをグラスに差し込もうとしていた森田が手を止めた。

「いや俺、今日はそんなつもりで来てないですけど」

「それはわかってる。でもどうしても君にお願いしたいんだ」

碧は無意識に息を止めていた。

残ってくれ、と言われたときから予想はしていた。悔しいし、妬ましい。でもそれ以上に「しょうがない」と思ってしまった。久坂が森田を選んだことは心の底から納得できる。

ただ、なぜ自分も一緒なのかがわからなかった。

「中原君には当初の岸隆文の役をお願いしたい」

碧の疑問に答えるように、久坂は碧のほうを向いて軽く頭を下げた。

「せっかくオーディション受けてくれたのに申し訳ない。でも岸は演技力の高い子じゃないと演れないいし、君はイメージにぴったりくるんだ。最初のオファーを受けてもらえないかな」

「も、もちろんです」

久坂の思いがけない言葉に、碧はびっくりして声が上ずった。

「僕は久坂さんの作品に関わりたいとずっと思っていたので、オファーいただけて本当に光栄に思ってます。あ、ありがとうございます」

オファーがもらえたのは一にも二にも事務所の名前と安土の熱心なアプローチのおかげだと思っていた。最低限の演技チェックはしているだろうが、久坂がそこまで自分をちゃんと認識してくれているとは思っていなかったので、胸が高鳴った。

「久坂さんの作品、おれ全部ディスク持ってます。『アンダーブリッジ』は違うスクリーンで見たくて、別々の劇場で三回見ました。素晴らしかったです」

「そう？」

久坂がわずかに目を見開き、グラスの水を一口飲んだ。

「そんなふうに言ってもらえると、嬉しいね」

明らかに照れている。彼の演出のドラマには何本か出ていて、現場ではクールな人だと思っていたので意外だ。そしてなんだか嬉しい。

「久坂さんの映像の、エモーショナルな演出がものすごく好きなんです。雨で滲んだ信号とか、羽虫が光ってる街灯とか、物寂しいような、懐かしいような、不思議な感覚になって。台詞あんまりないし、人を過剰に撮らないのに抱えてるものわかる気がして、あれどうしてなのかなってずっと考えてました。音楽かな。『アンダーブリッジ』の音楽、好きすぎて自分でプレイリスト作ったんです。久坂さんの作品に参加できたらなってずっと憧れていました」

挨拶程度しか口をきいたことがなかったのに、話し始めると勢いがついて止まらなくなってしまった。隣で森田がぽかんとしている。

「オファーいただいて脚本読ませてもらって、自分じゃないってわかってたんですけど宇都宮役、オーディションで決めるって聞いて、どうしても挑戦したくなって申し込みさせてもらったんです。でも、森田君ですよね」

「え？」

突然自分の名前が出てきて、森田が驚いたように碧のほうを向いた。

「森田君だって、わかります」

「うん」

久坂が口元に笑みを浮かべてうなずいた。

「いや、でも俺無理ですよ」

森田が慌てて首を振った。

「演技なんかしたことないし、映画もドラマもあんま見ないし。今日だって俺、てっきり応募者少ないからにぎやかしにサクラ雇(やと)いたいんだろうなって思って来ただけで…」

「は？」

サクラは失礼だろ、と目で咎(とが)めると、森田もさすがに口をつぐんだ。

「そうだ、忘れないうちに。これ、約束の今日のギャラ」

久坂が書類入れから封筒を出して森田の前に置いた。

「いいんですか？」

「もちろん。ついでに撮影もバイトだって思って引き受けてもらえないかな。演技未経験でも問題ない。撮影期間は短いし、君の都合も最大限配慮するし」

「いや…」

「引き受けてよ」

つい横から口を出してしまった。

「演技力でどうこうなるなら、おれいくらでも努力するよ。でも違うから。誰でもできるわけじゃない。悔しいけど、宇都宮は森田君だってわかる。森田君に演ってほしい」

自分に反発していたはずの碧が説得してくるのに驚いた様子で、森田はなにか言いかけていた言葉を呑みこんだ。

「学生時代に映画出たよな、っていうのもいい経験じゃん。やってみたら興味湧くかもしれないだろ?」

森田が揺らいだのを感じて、碧はここぞとばかりに畳みかけた。

「頼むよ」

久坂がもう一度頭を下げた。

「君がそんなつもりで来たわけじゃないのはよくわかってる。でも僕はやっぱり君だと思ってるし、正直、宇都宮を君が演ってくれたらもうこの映画は成功だって確信してる」

こんな言葉を聞いたら、自分だったら断れない。横目で窺うと、森田もこっちを見ていた。困惑が伝わってくる。碧はぐっと眸に力をこめた。やれよ、と無言で圧をかけると、ええ…、というように森田がひるみ、なんだかおかしくなった。

「ちょっとごめんな」

無言で攻防しているとテーブルの上のスマホが着信して、久坂が仕方なさそうに中座した。

「なあ。えっと…」

二人きりで取り残され、森田が先に口を開いた。

「中原、だっけ」

「中原碧」

「えーと、中原、君…」

「いいよ呼び捨てで」

距離感を測りかねている森田に、初対面が初対面だっただけに、碧も少しだけ居心地が悪かった。

「中原って俳優なんだよな？　俺映画とかぜんぜん見ないからよく知らないんだけど、あの人って有名な監督さん？」

森田は案外フラットに質問してきた。

「一般的にはそんな有名じゃない。でも海外の映画祭でも賞取ってるし、おれはすごく好きだよ」

「みたいだな」

「久坂さんの映画出るの夢だったんだ。おれ脚本読ませてもらってるけど、いい作品になると思うし、もし、森田、君が…」

「森田でいいよ」

「森田が宇都宮役を演ってくれたら成功って、すごくわかる」

「そんな責任ある役なら、なおさら引き受けられねえよ」

熱をこめると、森田がかえって及び腰になった。

「できるよ。森田は度胸あるし。コンビニのバイトやってたんだろ？　なら楽勝だって。らっしゃいませー、あざっしたーってやってりゃいいから」

「どんなだよそれ」

森田が初めて笑った。

「脚本だけでも読めば？　それで久坂さんの作品のディスク貸すよ」

「俺、映画は眠くなるんだよなあ」

森田がぼやくように言ってすっかり氷の溶けたアイスコーヒーのグラスに手を伸ばした。森田は手が大きい。指が長く、爪が思いがけないほどきれいだった。

「でもバイトと思えば悪くない話だろ？」

「どういう条件だっけ。俺、まじでサクラだろって思ってたから応募要項みたいのも読んでねえんだよ」

「撮影期間は八月上旬からの一ヵ月。ギャラは契約時に相談ってなってるけど、正直そんな出ないよ」

「じゃあ別にいいバイトってわけでもねえじゃんか」

森田がからかうように碧を見た。森田は目の力が強い。視線が合うたびに一瞬うろたえてしまう。

「そこはほら、経験とか思い出とかはプライスレスってことで」

「はは、調子いいな」

「天気次第だけど、森田の拘束はロケで二日か三日で、あとはスタジオとスチール撮影入れても一週間くらいだと思う」

「ふーん。ちなみに、中原のギャラは?」

「おれはオファーもらってギャラ二十だった、確か」

あんなに険悪だったのに、普通に話ができているのがなんだか不思議だ。

「二十って、二十万? ちゃんとした事務所に所属してテレビドラマとか出てる俳優でもそんなもんなのか。夢ねえな」

「おれは売れてないからね。厳しい世界なんですよ」

「へえ…」

森田が無遠慮に碧を眺めた。

「なに」

「いや、そんだけ見た目よくても売れないって、まじで厳しいもんだな。つか、俺が知らないだけだよな？　俺、あんまりテレビとか見ねえし」

「おれの親と姉ちゃんは知ってるんじゃない？」

「誰？」

「中原雄介（ゆうすけ）と藤咲道子（ふじさきみちこ）。姉ちゃんは藤咲千春（ちはる）」

　え、と森田が目を見開いた。

「藤咲千春？　元カノが藤咲千春のファンだったわ。てか、藤咲千春ってじゃあ藤咲道子の娘なのか。知らんかった」

　両親はファミリードラマ全盛期を支えた俳優として人気を博し、今でも高齢者向けのテレビＣＭによく出ている。が、大学生なら確かに美容カリスマの姉のほうがはるかに知名度が高そうだ。

「藤咲千春に弟いるのは知ってた？」

「弟なんだ？」

「です」

「まじか。あーでも言われてみれば確かに藤咲千春と顔の系統同じだな」

　へえ、と今さら感心された。

「これでも芸歴二十年なんだよね。生後半年で赤子デビューしてるから」

「すげえな」

そんな話をしていると、喫茶店の外で電話をしていた久坂が戻ってくるのが見えた。

「ごめんね、待たせて」

「いえ、大丈夫です」

「このあと撮影スケジュールの打ち合わせなんだけど、森田君が受けてくれなかったら数日内には他の候補者に連絡入れなきゃならないんだ。どうかな。考えるだけでも」

「やります」

「えっ？」

なんとか検討だけでも、と思っていたので森田の返事に碧のほうが声を出して驚いた。久坂も目を丸くしている。

「本当に？」

「はい。今中原君から聞いたんですけど、俺の撮影って一週間とかなんですか？」

「ロケの天気にもよるけど、だいたいそのくらいだね」

「なら夏休み期間だし、どうせバイト入れまくるつもりだったから。やらせてください」

「ありがとう！」

久坂が声を弾(はず)ませた。

「いや、本当にありがとう。嬉しいよ。それじゃ詳しいスケジュールとか条件とか、もろもろ書面で送るから。それで引っ掛かることあったらすぐ連絡くれる？」

「わかりました」

打ち合わせが入ったという久坂とは喫茶店の前で別れ、森田と一緒にビルを出た。

再開発に乗り遅れたビジネス街は、夕方の中途半端な時間帯のせいか人の姿もまばらだった。空気が湿っていて、夜には雨になりそうだ。

「いきなり引き受けたの、びっくりした」

碧が言うと、森田が肩をすくめた。

「俺もだよ。役者とかぜんぜん興味ないし、やるわけねえじゃんって思ってたのに」

「なのに、なんで？」

「さあ、なんでだろ。勢い？　横でがーがーやりてえやりてえって騒ぐヤツがいたからつい乗っかったって感じ？」

森田がくすっと笑った。それはつまり碧の熱意に影響された、ということだろうか。そうなら嬉しい。

「森田ってSNSなんかやってる？」

駅のほうに一緒に向かいながら、碧は少し迷ってから訊いた。個人的に連絡先の交換をしたかったが、なんとなくはっきり言い出しにくかった。

「ほとんど使ってないけど、連絡用にアカウントは持ってる。なんで？」

「久坂さんの映画、ディスク貸したいから連絡していい？」

「あー、そうだなあ」

「作品くらいちゃんと見ろよ」

興味なさそうな反応に、ついむっとした。

「バイトでも請けたからには仕事だろ。真面目にやれ」

「それもそうだな。じゃあ見るか」

森田がポケットからスマホを出して立ち止まった。地下鉄の入り口がすぐそばで、どうやら森田は地下鉄らしい。

「おれの、これ」

「ああ、公式か。これって自分でやってんの？」

「仕事の告知とかはぜんぶ事務所のスタッフ。ほんとはマメにポストしたほうがいいんだろうけど、あんまりやってない。ラジオで映画コーナー持たせてもらってて、そこの番組コラムはたまに書いてるよ」

「映画コーナー？　ほんとに映画好きなんだな」

「うん。なあ、こっちの個人のほうでフォローしていい？」

見た映画の忘備録として使っているごく個人的なアカウントで繋がると、森田が「よろしく」とメッセージを送ってくれた。ただのテストだとわかっているのに、友達になれたような気がして、すぐ「こちらこそ」と返した。

「んで、ラジオの映画コラムってもしかしてこれ?」

「あ、うん、それ」

森田が検索して碧のコラムを見つけた。

「へー、読んでみよ」

興味を持ってくれたのも意外だったが、さらにそんなことを言われてびっくりした。

「映画見ないんだろ?」

「でも知ってるやつがこういうの書いてるんなら興味あるじゃん」

知ってるやつ、という言い方がなんだかよかった。

「そんじゃな」

森田がスマホをポケットに入れ、リュックを肩にかけ直した。

「また連絡するわ」

「うん」

地下鉄の階段を軽快に下りていく森田を見送って、碧も大股で歩き出した。

ビルの上を雲がすごい速さで流れていく。碧は空を見上げて深呼吸した。もうすぐ雨が降りそうだ。

どうせなら土砂降りになればいい。

ふとそんなことを思った。

降るなら思い切り降って、それでずぶ濡れになってみたい。

3

ぽろん、と軽快な音がしてスマホが着信した。

来た、と思うより早くポケットからつかみだして画面を見る。着信音は森田(もりた)専用に設定してあるので、誰からなのかは見なくてもわかっていた。

〈ごめん寝てた〉

思ったとおりの言い訳に、碧(あお)はむかっと腹を立てた。

週に一回受け持っているコーナーの収録のために、碧はラジオ局にいた。

収録自体はすでに終わっていて、このあと次の収録について打ち合わせがある。

〈どんだけ寝てんだ〉

〈電話する?〉

ランチのときに「今からちょっと話できない?」と送って、そのあと二回同じ趣旨のメッセージを送った。

既読(きどく)にもならないから寝てるんだろうと思ってはいたが、もう夕方の六時だ。打ち合わせまで十分しかない。

〈かけて〉

会議室の前の廊下は数人のスタッフが雑談していたので、碧は非常階段の前まで移動した。

『もしもし』

かかってきたのにワンコールで出ると、あくびまじりの森田の声がした。

『どうした？』

森田はいい声をしている。

碧はスマホを耳に当て直した。好きな声だ。ほんの少し低くて、ほんの少し甘い。声を聞くまで苛々していたのに、すうっと気持ちが落ち着いて行く。

なんで反応してくれないんだ、なにしてるんだ、早くスマホ見ろよ、もしかしてデート中か？——そんなごつごつした疑問がぜんぶ溶けてなくなってしまった。

「あのさ、来週の今ごろって空(あ)いてない？　ラジオ出てほしいんだけど」

『ラジオ？　って、もしかして『中原(なかはら)碧のシネマ日和(びより)』？』

森田と連絡先を交換して、半月が経(た)っていた。

その間に森田と直接会ったのは、キャストが正式決定してからの衣装合わせ一回きりだ。

ただ、その前からしょっちゅうメッセージのやりとりはしていた。

——知らない事務所の名前で契約書みたいの送って来たけど、これなに？

——契約書みたいなって、契約書だろ

——サインして送り返すんでいいの？

——衣装合わせのとき持ってきゃいいよ

——衣装合わせっていつ？

——そのうち香盤表送ってくるよ

——香盤表ってなによ

——総合スケジュール表みたいなやつ

当たり前だが、森田は業界の常識的なことをなにも知らない。訊かれるままいろいろ教えているうちにすっかり距離が縮まっていた。

——ロケ弁わりとふつうだな。もっといいの食ってるのかと思ってた

やりとりするのはもっぱら個人のアカウントからだが、森田は公式のほうもちょこちょこ見てそんなことを投げてくる。

——地方ロケだともうちょっといいやつ出るよ

——こないだドラマの打ち上げって芸能人ぽい写真あげてたな

——おれ一応芸能人ね

森田は経済学部で、自転車サークルに入っていた。

ほとんどやっていない、と言っていたが、森田のＳＮＳを遡るとぽつぽつラーメンとか野良

猫とかの写真をあげている。大学に入ったときに作ったアカウントらしく、当初はそれなりにポストしていた。繋がっている森田の友人たちはマメにポストしているので、そこからも彼の交友関係や日常は垣間見えた。

ゼミ合宿、サークルコンパ、試験、レポート、グループ発表、バイト、就活。

森田のことを「なんであんなにバイトばっかりしてるんだろ」と訝っていたが、彼の友人たちもせっせとバイトをしていて、どうやら世間の学生はそんなものらしい。

碧は高校も芸能コースだったので、普通の学生の日常が新鮮だった。

――映画出るって友達に話した？

――言ったけど、なにそれって誰も信用しねえ

――公開されたらびっくりするな

――どうかな。俺の友達も映画なんか見ねえしな

ハリウッドの大作ならともかく、シアター系の邦画は確かにマイナーだ。

いつの間にか、夜寝る前に必ず森田や彼の友人たちのＳＮＳをチェックするのが習慣になった。ついでにちょっとしたメッセージを送る。森田は夜はピザのデリバリーサービスのバイトをしていて、待機時間に当たればすぐ返信がくる。来ないときは半日すぎてからくる。碧自身も不規則な生活なのでそこはお互い様だ。

ばらばらと気が向いたときにやりとりする。それが心地よかった。

――昨日ラジオ聴いた。中原碧のシネマ日和
たいていは碧のほうから送るが、ごくたまにそんなメッセージが来たりもした。
――ホントに？
――俺ぜんぜん映画見ないけど、中原が紹介してたやつ面白そうだったから配信サイトのレンタルで見た
――まじで？
――途中で寝た
――なんでよ。面白くなかった？
――わけわかんねえよ
後半は絵文字のリアクションで、くすくす笑ってやりとりした。
碧は友達があまりいない。
業界内で何人か話のできる相手はいるが、事務所の力関係だとか、仕事の状況だとかでお互い気を使う。さらに碧には「中原雄介(ゆうすけ)と藤咲道子(ふじさきみちこ)の長男」「藤咲千春(ちはる)の弟」という立場もあった。
でも森田とはそんな縛(しば)りはなにもなくて、楽だった。
撮影は八月からで、まだひと月ほどある。衣装合わせのあと台本合わせでも一度顔を合わせるが、クランクインまではもうそれ以外会う機会はない。

ラジオに森田を呼べば、と提案したのは安土だった。

「衣装合わせのときに森田君としゃべってるの聞いたけど、いい感じに気が合うみたいじゃない」

碧自身もそう思っているし、森田もそう思ってくれているはず——と期待していた。

「今から打ち合わせで、収録内容の細かいこと決めるんだよ。それで、安土さんが映画の宣伝になるからゲストトークに森田を呼べばって言ってくれて」

『ゲストトークって、なに話すんだよ』

「だから、久坂さんの来年公開予定の作品について」

『けど俺なんも話すことねえぞ』

「脚本は？　読んだ？」

『まだ』

「早く読めってば。台本合わせすぐだぞ」

そうだなあ、とのんきな森田に呆れてしまう。

「ちょうどいいじゃん。来週の収録までに読んで、それでゲストトーク。いいよな？」

強引に話をすすめたのは、森田に会いたかったからだ。

『その収録、いつ？』

「来週の水木のどっちかで、時間はある程度融通利くから森田の都合に合わせられるよ」

『わかった』

案外すんなりといい返事を引き出せて、テンションが上がった。

こんなに誰かに会いたい、もっと仲良くなりたい、と思うのはいつぶりだろう。

「じゃあこれから打ち合わせだから。詳細また連絡する」

中原君、とスタッフが呼びに来て、碧は急いでスマホをポケットに入れた。

「遅くなりました」

休憩室も兼ねたスタッフルームには、もうメインパーソナリティの女性も姿を見せていた。

「珍しいねー、碧君が一番遅いの」

「すみません」

にこっと笑った山内真理(やまうちまり)は、碧にとって心を許せる数少ない業界人だった。まだ四十を少し過ぎたところのはずだが、包容力のある語り口でリスナーからは「真理ママ」と慕(した)われている。ボリューム満点の身体つきとくるくるの黒い巻き毛が朗(ほが)らかな彼女のキャラクターをそのまま体現している。碧は中学のときに配信ドラマの宣伝で彼女の番組に呼ばれ、映画好きの共通点から縁ができた。

こんど映画コーナーつくるから、中原君やってみない？　と誘われてもう六年になる。

「それじゃ始めましょうか」

プロデューサーの波田(はた)も真理と同年代の穏やかな人柄で、気心の知れたスタッフも含め、この場所は碧にとってのホームのようなものだった。

碧は映画コーナーを週に一回担当していて、スケジュールが立て込んでいる時期はまとめて収録することもあるが、基本は毎週局に足を運ぶことにしていた。

笑い上戸の真理や、「いいねえ」が口癖の波田、仲のいいスタッフたちと週に一度顔を合わせると、競争の激しい業界で疲弊しがちな心身がほっと癒されるのを感じる。

子どものころから両親は仕事で留守がちだったし、姉も年齢が離れていて、碧が物心ついたときにはもう家を出て独立していた。インタビューで「うちのメンズラインは弟も愛用してくれてるんですよ」といかにも仲良し姉弟のように話すのをたまに見聞きするが、実際のところ姉とはここ数年なんの交流もなかった。仲が悪い、ということはない。仲が悪くなるほどの接点がない、というほうが正確かもしれない。それは両親もそうで、碧にとって家族は「ビジネス関係者」という感覚が強かった。

「碧君、ちょっと痩せた?」

席につくとさっそく波田がお茶のボトルを回してくれた。

「そんなことはないですけど」

「髪型のせいじゃない?」

「あ、そっか。インナーカラー入れてるからしゅっと見えるんだ。いいねえ、似合ってる」

真理も波田も、碧のちょっとした変化にも必ず気づいてくれる。

「これ、波田さんの差し入れ。美味しいよ、食べな食べな」

この番組に出るようになったのは碧が高校生になったばかりのころで、そのせいかみんな碧を親戚の子どものように扱う。家族と疎遠気味な碧にとって、安心して自分でいられる数少ない居場所だった。

「それで、安士さんからちょっと聞いたけど、碧君、来年公開予定の出演作の宣伝したいんだよね？」

波田がタブレットを出して確認した。

碧のコーナーは毎週二十分の枠で、どの映画を取り上げるかは月初の打ち合わせで決める。

「二週目の邦画紹介のときにお願いしたいんです。まだクランクインもしてないんですけど」

「いいんじゃない？」

真理が鷹揚にうなずいた。

「問題ないわよ。久坂さんサイドの許可は出てるんでしょ？」

「もちろんです。それで、安士さんとも相談してたんですけど、共演の森田君を呼んでもいいでしょうか」

「ゲスト？　そういえば最近呼んでなかったね」

碧は話術に自信があるわけではないので、自分がリードしなくてはならない立場でのゲストトークはできれば避けたいほうだった。今までのゲストはほぼ番組側がセッティングしたもので、碧から要望を出したのは、安土が担当している若手タレント数人くらいだ。

「森田君って、どこの所属?」

久坂の制作発表のサイトにアクセスしながら波田が訊いた。

「彼はオーディションで選ばれた人で、どこも所属してなくて、フリーです」

「へえ」

「プロフィールある?」

「そういうのもなくて、大学生なんです。明邦大の四年生」

「じゃあもしかして、まったくの未経験?」

真理が興味を持った様子でタブレットから顔を上げた。

「そうです。それで、本人は普通に就職も決まってるし、これ一本だけのつもりらしいんです。映画そのものもあんまり興味ないみたいで」

「そんなんで、なんでその子オーディション受けたの?」

スタッフのひとりが呆れた声を出した。

「いろいろ偶然が重なって」

碧がかいつまんで経緯を話すと、全員が目を丸くした。

「そりゃいいね、面白いトークになりそう」

すんなり話はまとまって、その夜、碧はさっそく森田に収録スケジュールを送った。

「都合悪かったら動かせるから言って」

『いや、大丈夫。じゃあ俺本当にラジオ出るのか、やばいな』

何回かのやりとりのあと、お互い家にいたので通話に切り替えていた。

「森田でもそんなん思うの」

『そら一般人ですから』

「バイト先でいきなりスカウトされてさらっと撮影こなす一般人ね」

深夜の一時半で、碧はシャワーのあとでベッドに寝転がっていた。森田も部屋で寛いでいる様子だ。

「で、脚本読んだ?」

『ちょっとだけな』

「森田、今寝転がってる?」

向こうでぎしっとスプリングの軋む音がした。自分と同じように森田もベッドに寝そべっているのかな、と思うとなんだか楽しい。

『うん。つかもう寝る』

「なんだ、もう寝るの」

森田のほうは眠そうだ。

『ここんとこゼミのあとバイト突っ込んでたから、寝ないともたねえ』

「森田って本当にバイトばっかりしてるよね」

もう少し話をしていたくて粘（ねば）ってみた。

『ばっかりっていうほどじゃねえよ。もう単位あらかたとれてるし、自転車なんだかんだ金かかるから、バイトできるうちはしとくんだよ』

強引に切り上げられるかな、と思ったが普通に返事をしてくれた。

「自転車って、ロードバイク？」

『そう。メンテも金かかるし、もうすぐ合宿あるし』

森田のゼミ仲間の一人がカメラを趣味にしていて、彼のＳＮＳには頻繁（ひんぱん）に写真がアップされる。最近は森田が映り込んでいる写真を探すのも楽しみだった。

「もしかして奨学金とかあるのかなって思ってた」

『うちは学費は親が出してくれてるよ』

「ふーん」

やはり苦学生というわけではなかった。

『ああ、そうだ。前に久坂監督の映画見せてくれるって言ってたよな？　ディスク貸すって』

「貸すよ」

碧は思わずベッドから起き上がった。

「いつでも貸す。いつがいい？」

『はは』

勢いこんだのがおかしかったらしく、森田が笑った。

「それかうち来ない？　一緒に見ようよ」

自分が緊張していることに、言ってから気づいた。

『中原の家？　一人暮らしなんだっけ』

「高校卒業してから一人暮らししてる」

森田を家に呼びたい、といつのころからか漠然と考えていた。でも勇気がなくて誘えなかった。

『ふーん、どのへん？』

せっかちに誘って変に思われたくない。どきどきしながら、精一杯さりげなく最寄り駅を答えた。彼の住所はオーディションのときの書類を見て知っている。地下鉄を一回乗り換えて、二十分ほどだ。

『へえ、近いな』

「いつがいい？」

来てくれるだろうか。

『中原はいつ休み？』

「おれは、明日がオフ」

答えながら、さすがに急すぎるからその次のオフはいつだったっけ、と必死で直近のスケジュールを思い出そうとした。

『まじで？　俺も明日のバイト、急にシフト変わって休みだわ』

まさかの返事に、意味もなくベッドから立ち上がった。

「え、じゃあ明日、来る？」

どきどき心臓がうるさい。

『いいのか？』

「いいよ。ジム行くくらいしか予定ないし、時間合わせられる」

『じゃあ、三限終わってからだから、えーと余裕見て四時半くらいに駅着く感じになるな』

そうか大学はあるのか、と碧は少しがっかりした。

「迎えに行くよ」

でも森田がここに来るのは本当だ。

『わかった。駅に着いたら連絡入れる』

じゃあな、とあっさり通話は切れた。

〈おやすみ〉

うわずった気分で短く送ると、すぐ既読になって「明日な」と帰ってきた。

碧は呆然と手に持ったスマホを眺めた。

明日。

明日、ここに森田が来る。

「えっ、どうしよ」

急にうろたえて、碧は部屋を見回した。普段誰も来ないのでかなり散らかっている。

「そ、掃除しないと」

でもあまり張り切っているのが伝わっても引かれるかもしれない。

とりあえずソファに層を作っている衣類を畳み、ごみ袋を出して目についたいらないものをどんどん放り込んでいった。

夕方駅まで迎えに行って、ついでに一緒になにか食べるものをテイクアウトしよう。コンビニで飲み物を調達して、と考えるだけで気持ちが浮き立った。でも森田のほうはたくさんいる友達に、少し毛色の変わった知り合いが一人増えた、くらいの感覚だろう。ちょっと癪だ。でもしょうがない。

自分から親しくなりたい、とこんなに思うのは森田が初めてだ。彼の一番になるのは無理でも、気楽に連絡を取り合う関係になれたらいいな、と思う。

「へえ、やっぱいいとこ住んでんだな、さすが芸能人」

翌日一緒にマンションのエントランスに入って、森田は思ったとおりのリアクションをした。

「まあ、住むところだけはね」

　このマンションは親の持ち物件で、二十四時間有人管理が入っている。駐車場は地下のみ、エントランスも出入りが目立たないようになっていて、プライバシーに神経を使う住人向けの設計だ。共用スペースやエレベーターでも滅多に人とは会わない。

「お、でも意外とインテリア地味だな？」

　部屋に入って森田があたりを見回した。２ＬＤＫで本来広さは充分だが、碧は寝室とリビングスペースしか使っていない。森田が来る、と張り切って片づけたものの、便利さ優先で全部のものをリビングに持ち込んでいるため、せせこましい印象は否めなかった。

「悪い？」

「いや、庶民には非常に落ち着く」

　自立したくて実家を出たので、引っ越し費用も家具家電も自分の貯金で賄った。身体が資本、とベッド周りだけは金をかけたが、あとは量販店のネット通販を利用した。当然、部屋のグレードと釣り合っていない。

「言っただろ。おれは売れてないから給料もやっすいの」

「でもテレビはでかい。しかも高画質」

「そこは頑張りました」

　見慣れた自分の部屋に森田がいる。なんだか不思議だ。デニムにカットソーで、自分の部屋にいると背の高さがよくわかる。

「座って」

二人きりでいるのをあまり意識しないようにして、碧はぽんとソファに座った。ローテーブルの上にはピザの箱が乗っている。バイト先のクーポンもらったから、と森田が持って来てくれた。炭酸にスナック菓子のジャンクなラインナップに、いつもはストイックな食生活を貫いているぶんわくわくした。

「じゃあ、見よっか」

並んで座って、碧はさっそくリモコンを手に取った。

「これは久坂さんの最初の監督作品」

全部で四本ある作品ディスクはすべてプレーヤーにセットしている。碧はディスクパッケージを森田に手渡した。

「これ、いきなり海外映画祭の脚本賞を取って話題になったんだよ」

「ロードムービーって旅の映画？」

「そう」

「ふーん」

森田はＤＶＤのパッケージを裏返して眺めた。地方の高校生二人が、電車を乗り継いで東京に行って帰るだけのストーリーだ。電車は久坂が好んで扱うモチーフで、踏み切りや線路沿いのフェンス、線路、人けのないホームのベンチなど、なんでもない風景がなぜか胸に残る。

「じゃ」

「うん」

まだ外は明るいが、電動カーテンをリモコンで調節して少し部屋を暗くした。

「本格的だな」

「せっかくだから」

ほの暗い部屋で、大型モニターだけが明るく光を放っている。今さらすぐ隣の森田を意識して、碧はさりげなく腰をずらして距離を開けた。森田のほうはなにも気にせずピザの箱をあけている。

「この二人ってつき合ってんの？」

映画が始まり、しばらくして森田が訊いた。

思ったより真剣に見ているので、気にしてちらちら横目で観察していた碧もいつの間にか映像のほうに引き込まれていた。

「そういう話じゃないから」

「そういう話じゃないってのはわかってるけどさ」

やっぱり退屈だったかな、と思いかけたが、森田はしっかり画面を見ている。

女子の「しほ」と男子の「りょう」は恋人でもクラスメートでもなく、ただときどき廊下ですれ違うときに視線を交わしていただけの仲だ。

遅刻して学校に行く途中で、同じ車両に乗りかけた二人が、混んでいるからという理由で急行から各駅停車に換え、なんとなく下りたことのない駅で下り、なんとなくバスに乗り、なんとなくいつもは使わない路線の電車に乗り、そして東京へと流されて行く。

「しほ」も「りょう」もはっきりとした背景は描かれない。ただ似た空虚(くうきょ)と似た諦めと似た焦(あせ)りを抱えているのが伝わってきて、雰囲気映画と揶揄(やゆ)されがちだが、碧はたまらなく好きだった。

二人が東京にたどり着き、下町をあてもなく歩いていてラブホテルの前を通りかかり、足を止めるシーンがある。

ソファの上であぐらをかいていた森田が、お、というように少し前のめりになった。やっぱそこかよ、とくすっと笑い、森田もこういうところに行ったことあるんだろうな、と碧はこっそり考えた。彼女もいそうだ。羨(うらや)ましい。

好きな人と、心のままに恋をする。

自分には、そんなことはたぶん一生縁がない。

碧が自分は同性に惹かれる性質なのだと気づいたのは、かなり早い時期だった。物心ついたときから大人に囲まれて仕事をしていて性的な話題にさらされがちだったし、マイノリティの存在も珍しくはなかった。だからさして動揺もなく、ああおれは男が好きなんだなと自然に理解した。

ポテト
チップス

同時に、絶対に隠し通さないと、と気を引き締めた。

両親は古き良き日本の伝統的な夫婦のイメージで認知されている。頼もしいがどこか愛嬌のある夫と、控えめながらしっかり者の妻、そして娘である姉も結婚してすぐモデルを引退して話題になった。「両親のような夫婦が理想なので」と美容の仕事はあくまでも夫の経営するコスメ会社のバックアップ、というスタンスでインタビューに答えていたが、実際は美容系インフルエンサーとしてモデル時代より稼いでいる。

碧もそんな家族の中で「少々みそっかすだが努力家で真面目な息子」の立ち位置できた。事務所の方針や自分が果たすべき役割はちゃんと心得ているつもりだ。

世間の一般常識からはやや古い、と思われるくらいでちょうどいい。大きくはみ出してはいけない。

タレントはイメージを売っているのだから、それを期待してくれるファンを裏切るような真似は絶対にしてはならない、と常に肝に銘じていた。

碧が過去に関係を持ったのは同じような立場の男ふたりだけで、慎重に慎重を重ねて会い、どちらとも短期間で切れた。恋愛感情はなかった。恋がどんなものなのか、想像はできるが経験したことはない。

この先もし恋人ができたとしても、自由に愛し合えることはたぶんないだろうな、と碧はとっくに諦めていた。欲しいもの全てを手に入れるのは不可能だ。

「森田って彼女いる？」

映画がエンドロールを流し始めた。画面の中のふたりはどちらからともなく「帰ろっか」と駅に向かって歩き出している。

「あー、こないだ別れたとこ」

碧が話しかけてきたことに驚いたように森田がこっちを向いた。

「別れたの？　なんで？」

「疲れるから別れたいって言われた」

森田が憮然(ぶぜん)とした顔になった。

「彼女の友達が俺によくわからん絡(から)みかたしてきて、それ俺のせいかよって感じなんだけど、いちいち気にするの疲れるから別れるって」

「なにそれ」

「なにそれだよな、ほんと」

笑っている森田はもうふっ切れているようだ。

「つき合い長かったの？」

「そうでもない。一年経(た)ってない」

「ふーん」

画面が暗くなって、碧はリモコンでテレビに切り替えた。

「やっぱり俺にはよくわからんわ。でも面白くなくはなかった」

「二重否定ややこしいな」

微妙、と言う顔が本当に微妙そうで笑ってしまった。

「他のどうする？　見るなら貸すけど」

「俺レコーダー持ってないんだよ。パソコンも調子悪いし、また今度見せて」

「いいけど」

気軽な言いかたに、また来てくれるつもりなのかな、とちょっと期待した。

「そんで、ラジオってどんな？　映画の話すんだろ？」

「今久坂さんに触れてもいい内容チェックしてもらってる。で、真理さん…ってメインパーソナリティの人から、森田君がオーディション受けた経緯面白いからそれ中心にトークしてくれって言われてる」

そっか、と森田がテーブルの上に乗っていた脚本を手に取った。

「それにしても、俺、ほんとに台詞ないんだよなあ。自分のとこだけチェックしたけど、まじで『あざしたー』と『らっしゃっせー』しかない」

言いながらぱらぱらめくって、碧が付箋を貼ってあるのに目を止めた。

「これなに？」

「演技プラン。岸のキャラクター解釈合ってるかわからないから、久坂さんのイメージとすり合わせしてまた考えるけど」

「岸って真面目で誠実なやつだろ？」

「ざっくりはね」

真面目で誠実。事務所が選ぶ仕事は常にイメージ優先だ。

「いつもこういうタイプになるんだよな」

「ん？」

声に不満が滲(にじ)んでしまい、森田が顔を上げた。

「おれ、本当はもっと仕事の幅広げたいんだよ。地上波ドラマもいいけど、もっと尖(とが)った配信ドラマ出たいし、実験的な映像作品に関わってみたい。でもチャンスがこない。いつもおんなじような学園ドラマの『本当はいい人なのに不器用でうまくいかない当て馬キャラ』ばっかりで、先が見えてこないんだよな。事務所が止めてるのもあるし、取りにいくだけの実力もないし…」

話しているうちに本音が愚痴(ぐち)に変わっていて、気恥ずかしくなってソーダのボトルキャップをねじった。

「ごめん、つまんない話して」

「別につまんなくはないけど」

森田がふうん、とスナック菓子の袋を開けた。

「ふうん、ってなによ」

「役者ってのもいろいろ大変なんだな、と」

「そうなんですよ」

　でもこうしてちょっと口にしただけでずいぶん気持ちが晴れた。たぶん、相手が森田だからだ。

「森田は悩みとかってないの」

「悩みなあ」

　考える顔になった森田は多少のことは蹴散らしてしまいそうだ。

「俺の家、雷で全焼になったことあるんだよ」

「えっ？」

　森田が突然方向性の見えない話を始めた。

「それも俺の小学校の入学式の前日。だから入学式の集合写真、俺だけTシャツに短パンなの。絵面が面白すぎるって実家に集合写真飾ってある」

「雷で？　そんなことあるの？」

「あるんだよ。雷は対象外だったから火災保険もおりなくて、しばらく大変だったみたいだけど、その火事の後始末してたら地面から金庫が出てきてさ」

「地面から、金庫？」

また話が見えなくなった。

「中古の家だったから、親もなんで床下にこんなもん埋まってるんだってびっくりして、そしたら中から大金が出てきて」

「どういうこと？」

「前の住人が埋めてたんじゃねえかって警察が来て、だいぶ調べたらしいんだけど結局わからなくて、遺失物扱いになったんだよ」

「へえ…？」

「それで家建て替えた」

「そんな大金だったの⁉」

びっくりして声が大きくなった。

「全部賄えたわけじゃないみたいだけど、だいぶ助かったって。いまだに謎なんだよ、なんの金だったんだろうって」

「そんなことあるんだ…」

「まあそれが一番でかいけど、俺の家、一年に一回はなんだそれってびっくりすること起こるんだよ。最近だと姉ちゃんが海外旅行で鞄ひったくられそうになって抵抗したら犯人がすっ転んで捕まって、そいつ逃亡犯だったからよくわかんねえ表彰状もらって帰ってきた」

「なにそれ…」

「一年に一回はなんかある」

森田がピザをつまんだ。

「俺もピザのデリバリー行ったらドラマに出ることになったしな」

「…確かに」

たいして驚く様子もなくすんなりこなしていたのは耐性がついていたからか。

「俺んち、会社員とパート主婦と姉と弟っていういたって普通の家族構成なんだけど、とにかくなんか起こるんだよなあ」

「おれの家は中原雄介と藤咲道子が両親で姉が藤咲千春って家族構成なんだけど、そんなレアなことは起きないな」

森田が声を出して笑った。

「たしかに中原、家族がレアだな」

ずっと重荷に感じていた家族を「レア」で片づけられて、今度は碧がおかしくなって笑った。

「まあ、確かに家族がレアだ」

「だからさ、多少なんかあっても、まあ悩んでもしゃあねえかって感じ」

「なるほど」

もともとの性格も大きいのだろうが、アクシデントに強い理由はなんとなくわかった。

そのあとはラジオ収録のスケジュールや撮影の話をして、森田が「明日は一限あるからそろそろ帰るわ」と腰を上げた。

もう帰っちゃうのか、とがっかりしたが、時計を見ると終電ぎりぎりになっていて驚いた。

「待って、駅まで送る」

人の少ない深夜の歩道を一緒に歩くと、夜空を雲が流れていく。今夜は満月だ。

「また来てよ。今日、楽しかった」

なんだか自由な気分になっていて、素直な気持ちが口をついた。

森田がリュックを揺すり上げ、横目でこっちを見た。

「なに？」

「いや。中原、最初すげえ感じ悪かったからなんか変な感じだなって」

初対面での態度の悪さを指摘されるとぐうの音も出ない。

「あのときはごめん」

謝ると、森田が声を出して笑った。

「俺もだよ。多少むかつく相手でも、あのくらいいつもならスルーすんのに、なんかムキになって応戦して、ガキくせえなって自分で思った」

「そうなの？」

「まあいいじゃん。お互いさまで」

じゃあな、と森田が片手をあげた。

——まあいいじゃん。お互いさまで。

森田というフィルターを通して見る世界は、なんだか違う。軽やかで、明るい。

碧はポケットに両手を入れて、エスカレーターで二階の改札に上がっていく森田を見送った。リュックを肩にかけた後ろ姿が見えなくなる。碧はひとつ息をついた。

夕方からの数時間を一緒に過ごしただけなのに、なぜかひどく充実していた。

4

改良工事中の幹線道路は渋滞していた。

「迂回路(うかいろ)に右折レーンがないんで、よけい混むんですよねえ」

ぴたっと動きが止まってしまい、運転手が申し訳なさそうに呟いた。工事中の赤いLEDライトが暗いフロントガラスに反射している。

「九時までに着きそうですかね」

隣の安土(あづち)がせっかちに腕時計を見た。

「この十字路抜ければあとはそこまで混んでないと思いますけど」

「安土さん、九時になにがあるの？」

今日は碧(あお)はドラマ宣伝の収録で、終わったあと別件でテレビ局に来ていた安土とエントランスでばったり会った。これからタクシーで事務所に戻るというので、マンションの近くまで一緒に乗せてもらっていた。

「フルランのミーティング。ちょっと時間とって話し合いしないとってことで」

安土が珍しく嘆息まじりで答えた。

碧の所属事務所は、父親の中原雄介が若い頃に現社長と組んで立ち上げたオーソドックスな俳優メインの芸能事務所だ。よくも悪くも手堅いタレント揃いで安定しているが、最近になってアイドル売りの若手育成にも力を入れ始めていた。フルランは女性五人組のボーカルグループだ。

「なんか立ち位置でメンバーが揉めてるんだっけ？」

「よくあるトラブルね。まあなんとかしますよ」

事務所は保守的な傾向が強く、アイドル売りにつきもののトラブルをうまくさばけるマネージャーは限られていた。

「安土さん頼られてるもんね」

「まあそのぶん給料上げてもらってるからね」

飄々と答え、安土は気が付いたように運転席のシートのほうに身を乗り出した。

「運転手さん、ラジオつけてくれない？」

今日は森田と収録したラジオコーナーが放送される。本当は家で聴こうと思っていたが、間に合わないなと諦めていた。

「そろそろ時間だよね、『シネマ日和』」

「覚えてたんだ？」

「これでも俺は中原碧のマネージャーなんだよね」

運転手がつけてくれたラジオで、ちょうどメインパーソナリティの真理ママが「曲のあとは中原碧君の『シネマ日和』でーす」と案内したところだった。

「なんか、スタッフにも評判よかったんだって？　森田君とのトーク面白かったって聞いたけど」

「真理さんもすっごい笑ってくれてた」

家で一緒にＤＶＤを見たあともしょっちゅうやりとりをしていて、森田とはすっかり気を許したつき合いになっていた。ラジオ収録の日は少し早めに合流して食事をして、その流れのままブースに入った。一応事前の打ち合わせ通りに進行したが、基本「いつもの雑談」で、楽しかった。

「森田君とずいぶん仲良くなったもんだなあ。最初、碧らしくもなく嚙みついてたのに」

「そうだっけ」

忘れたふりでとぼけたが、久坂に目を留められた森田が羨ましくて、つい嫌な態度をとってしまった。今さらながら恥ずかしい。

「俺、あんまり友達っていないから、なんか森田みたいなの新鮮で」

ラジオから聞き慣れたコーナーのジングルが鳴って、碧はシートに深く座り直した。ちらっと横目で安土の反応を窺う。

ちゃんと確認したことはないが、安土は碧が同性に惹かれることを、なんとなくわかっている。風俗業界にいただけあってそういうことには勘が働くようで、たまに「あの人、スタッフの女の子ちゃんと不倫してるぽいね」などとぼそっと言い当てて碧を驚かせた。過去に碧が業界内の相手とつき合っていたときも、知っていて見逃してくれているはずだ。「碧はちゃんとしてるから心配してないよ」という言い方で釘を刺されたからまず間違いない。「別に仕事に支障がなければ不倫だろうとなんだろうと本人の自由じゃない?」というのが安土のスタンスだ。

だからもし森田に惹かれていることに勘付いていても、黙っていてくれるはず――碧は膝の上のスマホに目をやった。

そもそもいくら自分が惹かれても、彼と友達以上の関係になれるわけがない。

暗がりで見ると目が疲れるので普段は夜の車内でスマホは見ない。

〈もうすぐオンエアだよ〉

さっき送ったメッセージは既読になっていない。今日は森田はデリバリーのバイトの日で、暇ならむしろすぐ返事が来る。残念ながら今日は忙しいようだ。

ラジオから流れてくる自分の声は、いつもより少しトーンが高い。

『今日はゲストトークで、来年公開予定の『夕暮れに月』でスクリーンデビューする森田拓斗(たくと)君に来てもらいました』

『森田です』

『名前ちゃんと言ってねー』

『森田拓斗です』

『モリタクって呼ばれてるんだよね』

『安直にね』

『まず自己紹介してもらいましょうか』

『なに言うんだっけ。あ、俺スクリーンデビューとかいってもぜんぜん素人(しろうと)で、成り行きで映画出るだけなんでそのへんよろしくお願いします』

やはり森田はいい声をしている。碧も声を褒(ほ)められることが多くて、こうして聞いていると、森田の甘みを帯びた低音の声と碧の伸びのある声は個性がはっきり違っていて聞きとりやすかった。

『バイト先でちょっとドラマ出てって、びっくりしなかった?』

『そりゃね』

『しなかったよね』

『したよ、ちょっとは』

『おれ、現場いたからね。見てたから』

友達同士の気安い会話に、安土が珍しく口元を緩めている。森田がオーディションを受けるにいたった経緯では運転手も声を出して笑った。

森田からの反応はなく、碧は彼の友人たちのＳＮＳをチェックした。

カメラが趣味のゼミ仲間「サク」、同じ自転車サークルの「干しミカン」と「ＹＤ２１」はＳＮＳ上でもよくやりとりをしているので、碧はこっそり彼らのアカウントをチェックしていた。

思った通り「サク」がラジオに反応していて、それに「干しミカン」がコメントしている。

〈モリタクがトークしとる〉

〈聴いてる、やばい、面白い〉

〈中原碧って知ってる？〉

〈千夏ちゃんが水曜のドラマに出てるっていってた〉

すっかり見慣れてしまった「ＹＤ２１」のアイコンも現れた。

〈藤咲千春の弟だって〉

〈そーなん？　すげ〉

〈モリタク、通常モードでしゃべっとるなあ〉

〈あいつは常に通常モードでしょう〉

〈それはそう〉

途中で他のアイコンも割り込んできて盛り上がっているが、肝心（かんじん）のモリタクは現れない。

〈今のうちにモリタクにサインもらっとくべき？〉

〈映画出るんだもんな〉

〈映画？　そうなん？　初耳〉

〈バイト先でスカウトされたんだと〉

〈マジで？　しかしあいつはホントなんだかんだあるよなー〉

〈もはやこのくらいでは驚かねえな〉

〈確かに〉

「なに見てんの？」

くすくす笑ってコメントを読んでいると、安土が覗き込んできた。

「森田君の友達のＳＮＳ。ラジオ聴いてくれてるみたい」

森田は友達が多い。

いいなあ、と碧はスマホを眺めた。

さすがに友人たちのＳＮＳを覗いたり、「サク」がアップする写真をいちいちチェックしたりしていると知ったら引かれるだろうから内緒にしている。自分は彼の中でどのへんに位置しているんだろう。

『というわけで、そろそろ時間になりました』

ラジオのほうは二十分の枠が終わりかけている。

『なんか雑談しかしてないような』

『してないね』

『素人なんで、すみません』

『なんでも素人で逃げるのよくないよ』

『気をつけまーす』

『調子いいな』

軽いやりとりで音量が絞られていき、うまく着地してエンディングになった。

「いいじゃない、面白かった」

珍しく安土が褒めてくれた。収録のあと、スタッフからも「機会あったらまた二人で出てよ」と声をかけられたので、映画が公開になったらまた一緒にトークができるかもしれない。

「ん?」

そろそろマンションが見えてきて、荷物をまとめようとしているとスマホがぶるっと振動した。森田からだ。

〈思い切りバイトとかぶって聴けなかった〉

〈いい感じに編集してくれてたよ。おれもあとでラジオアプリでもう一回聴こう〉

返信したらすぐ既読になった。話できるかも、と気持ちが逸(はや)った。

「それじゃ、お疲れ様です」

安土に挨拶(あいさつ)してタクシーを降りると、碧はせっかちに「話できる？」と送った。

『よー』

すぐ森田からかかってきた。碧は路上に立ったままでスマホを耳に当てた。せっかくの話せるタイミングを逃したくない。

「デリバリー待機中？」

『そう。やっと落ち着いた。今日めちゃくちゃオーダー入って、ラジオとか聴く暇なかった。いい感じだった？』

「いい感じだった」

『でも映画の話あんまりしなかったよな？　雑談ばっかで』

「別にいいでしょ。おれのマネージャーも面白かったって笑ってたよ」

『そうなん？』

「森田、声いいから聞き取りやすいし」

『碧もいいよな、声』

「え？」

『可愛い声してんじゃん』

碧、と名前を呼び捨てにされたことにまず衝撃を受け、次に「可愛い声」に頭がぐらっとした。

『なに？』

通話越しでも碧の動揺に気づいたらしい。森田が不審そうな声になった。

「あお、って…」

『ああ、通話のときスピーカーにしてて、アイコンにＡＯって出るから』

「そ、そっか」

いつも連絡を取り合っている個人アカウントは「ＡＯ」で登録している。それを目にしてつい口をついた、というだけのことだ。

『アオって呼びやすいからもうアオでいいだろ？』

森田はなにも気にしていない。自分だけがどきどきしていて、馬鹿みたいだ。

「悪いとか言ってないし」

むしろそう呼んでほしい。

『俺のこともモリタクって呼んでただろ？　ラジオのとき』

「だから別にアオでいいって」

顔が熱くなって、碧はスマホを耳に当てたまま、もう片方の手で頬を押さえた。

『いま家?』

「うん、マンションついたとこ。あのさ、今度またご飯行かない?」

森田の背後が慌ただしくなり、碧は急いで約束を取り付けようと早口になった。ラジオ収録のすぐあとに台本合わせがあったが、そのあとはもうクランクインまで会う機会はない。

『いいよ。俺来週からサークル合宿だから、その前に行けたら行こう。そんじゃな』

オーダーが入ったらしく、森田を呼ぶ声がして通話が切れた。

碧はほっと息をついて、ゆっくりスマホをポケットに入れた。

食事に行く一応の約束ができたし、碧、と呼び捨てにされた。

「……うわ」

今ごろになって思い出し、足もとに置いていたバッグを取り上げて歩き出しながら、また頬のあたりを手で押さえた。

「うわ、うわ」

——可愛い声してんじゃん。

「うわー…」

森田の声を何回も反芻(はんすう)していると口元が勝手に緩んで変な声が洩れた。

可愛い声してんじゃん、可愛い声してんじゃん、可愛い声して……

エレベーター扉の鏡面に自分のだらしない顔が映って、赤面した。

「声が可愛い、って言っただけだろ」

でもじたばたしたくなる。

部屋に帰り、手を洗うために洗面所に入った。鏡に映った自分の顔はあきらかに上気している。

ああ、これもうだめだ。

碧は勢いよく手に水をためて、思い切り顔を洗った。冷たい水がばしゃばしゃ跳ねる。

一度タオルで顔を拭って、すぐまた水を出した。

好きになってる。

とっくに好きになっていた。

何度も何度も顔を洗って、ようやく少しだけ落ち着いた。

鏡にもう一度目をやって、碧はほろ苦く笑った。

初めて誰かを好きになった。

これが恋か、恋愛感情か。

今まで想像で演じていた「恋」を体感して、興味深く観察し、それから急に泣きそうになった。

「あーあ」

好きになっても、相手は普通の大学生で、あと一年もしないうちに卒業して就職して、仲良くしてくれるのもきっと今のうちだけだ。

髪から服、床までびしょ濡れになっていて、なにしてんだろ、と碧はため息をついて新しいタオルを取った。

5

森田とのラジオトークは、メインパーソナリティの山内真理やスタッフに好評だったのみならず、いつになくリスナーからの反応もよかった。

「碧、リスナーズボイスにいっぱいコメント来てるって」

安土からそう聞いて、碧は風呂上がりの水を飲みながら、久々にパソコンの電源をつけた。

局の「番組のご感想はこちら」あてに来ているリスナーからのコメントは、専用サイトにまとめられている。

パスワードを入力するとコーナー別にコメントが表示され、いつもは閑散としている「中原碧のシネマ日和」にずらっとコメントが並んでいるのに驚いた。

たまに「今日紹介してくれた映画面白そうなので見てみます」とか「碧君の映画好きが伝わってきて楽しいです」とかのあたりさわりのないコメントはつくが、こんなことは初めてだ。

それにしても、森田は人気だ。

「今日のゲスト知らない人だったけど声好きだし面白かったからまた出てほしい」

「ごめんなさい、森田君ってぜんぜん知らなかったけど声いいですね。正直、中原碧より森田君の声聞いてたかった」

「中原碧はおりこうさんキャラであんまり好きじゃなかったんだけど、モリタクにつられてかけっこうイメージ違って意外でした。いいコンビだからずっとモリタクと出てほしいな」

「モリタク君、声いいしなんか好き」

「今日のゲストの森田君、いかにも仲良さそうで普通の大学生って感じで好感もてました」

「中原碧のコーナー、映画あんまり興味ないしつまんないからいつもは流しちゃうんだけど、今日はついつい聞いてしまった。ゲストの子が好きだった」

　髪を拭きながらリスナーズボイスを読み、碧は「いいコンビ」「いかにも仲よさそう」というコメントに頬が緩んだ。

　森田は三日前からサークル合宿に出かけていた。

　行けたら行こう、というあやふやな約束をちゃんと守って、その前日には一緒に焼き鳥を食べに行った。

　好きになってしまったという弱みを抱えて、でも顔を見ると変に意識することもなく楽しく過ごせた。

「合宿旅行って、一週間もなにするの」

「チャリ漕いで、温泉つかって、またチャリ漕いで、なんか食って、チャリ漕いで、道の駅で寝て、またチャリ漕いでフェリー乗る」

「ふーん」

楽しそう、という言葉を呑みこんだのは羨ましかったからだ。なぜか素直に「いいな」と言いたくなかった。

「おれ、友達と旅行とかしたことない、そういえば」

「じゃあ行く?」

代わりに少し愚痴っぽく言ったら思いがけない返事がきた。

「目立つのまずいんだったらレンタカーでも借りて、どっか行こうぜ」

まさかそんなふうに誘ってくれるとは思ってもみなかった。

「い、いいね。行きたい」

たぶん話の流れの、半分以上は社交辞令の誘いだ。それでも嬉しい。めちゃめちゃに嬉しい。

「合宿旅行はどのへん回るの?」

スマホで見せてもらったルートは日本海側を北上して北海道まで到達している。

今日はどのへんを走ってるのかな、と碧はスマホを手に取った。森田のアカウントはさっぱり動かないが、「干しミカン」や「YD21」は温泉卵の画像や、星空、ジャングルジムに干したタオルなどをちょくちょくポストしている。写真が趣味の「サク」はゼミ仲間なので同行しておらず、たまに「干しミカン」の写真に感想をコメントしていた。そのやりとりをこっそり見ているだけでも充分満足できる。

せっかくサークル仲間と自転車旅行を満喫(まんきつ)しているのだから、と碧は森田に連絡するのは遠慮していた。

天気予報を見るのも習慣になっていて、明日のルートと天気を確認して、ついでにストリートビューを眺める。パソコン画面を見ていたので、スマホが着信したのにすぐには気づかなかった。

「えっ?」

振動した画面に目をやって、ポップアップで表示された自転車のアイコンにびっくりした。

森田からだ。

〈なにしてんの〉

「え、あっ」

慌ててスマホを手にとって、夢中で通話をタップした。

「もしもし?」

まさか森田のほうから連絡をくれるとは思ってもみなかった。

『おー』

いきなり通話してきた碧に、森田も少し驚いている。

「いま家。風呂あがったとこ」

『俺も。道の駅の温泉』

うしろが賑やかで、休憩所のようなところで寛いでいる姿が目に浮かんだ。

『別に用事ないんだけど、碧なにしてんのかなって』

「おれも、森田今どのへん走ってるのかなって、マップ見てた」

森田が自分のことを考えてくれていたのが嬉しくて正直に話すと、珍しく「え?」と照れたように笑った。

『明日から電波あんまよくないエリア入るんだ』

だから連絡くれたのか、とそれも嬉しい。

「けっこう山だよね。気を付けて」

なんだか恋人同士みたいな会話だな? と碧は一人でときめいた。

「あのさ。ラジオ、リスナーからの反応よかったってスタッフさんが教えてくれたよ。あとでコピー送っとくから、帰って見られるとき見て」

『うん』

「じゃあね、おやすみ」

もうちょっと話したかったが、うしろで森田を呼ぶ声が聞こえて、碧は急いで切り上げた。

『おやすみ』

森田の声がなんだか優しくて、ああこの声録音したいな、と馬鹿なことを考えてしまった。

森田が旅行から帰ってきて少ししたら、いよいよクランクインだ。そしたら彼としょっちゅう会える。

――おやすみ

その夜は、森田の声を脳内再生しながらベッドにもぐった。

片想いも悪くない。

――別に用事ないんだけど碧なにしてんのかなと思って

碧は何度も森田とのやりとりを反芻しては幸せに浸った。いずれは縁が切れてしまう相手でも、こんなふうにちょっとしたことに胸を躍らせる経験ができてよかった。

しばらくの間だけでも精一杯片想いを楽しもう。

そんな決心をしていた碧に、旅行から帰ったばかりの森田から「会いたい」というメッセージが届いた。

東京に戻る予定の前夜、碧は「明日とうとうゴールだな」と送った。すぐ既読になって「さすがに疲れた」と返信がきたので、帰ってすぐはなにかと忙しいだろうし疲れてもいるだろうからしばらくこっちから連絡するのは我慢したほうがいいよな、などと考えていた。

「え…?」

その日は朝からローカル番組の食レポのロケで、スケジュールがかなり押したせいでスマホを見る余裕もなかった。それでももう森田帰ってきてるかな、と考えるだけで元気になる。

最寄り駅でロケバスから下り、家についたのは七時を少し過ぎていた。

会いたい、という一言だけのメッセージに妙な胸騒ぎがした。タイムスタンプは16:21で、急いで「今家帰った」と返信をした。

〈どうかした?〉

しばらくして「話せる?」ときたので、すぐ通話をタップした。

『碧?』

「うん、どうしたの? もう東京?」

電波の悪いエリアに行くから、とわざわざ連絡をくれたときに話したあと、何回か景色のいい場所から写真を送ってくれたが、話をするのは久しぶりだ。

『夕方着いて、自転車メンテして、今荷物ばらしてた』

声の感じはいつもと変わらない。帰ったという報告がしたかっただけなのかな、とほっとしかけたが、森田はそこで少し黙り込んだ。

『碧、今からちょっと会えないか? 俺がそっち行くから』

なにか決心したように言われて、戸惑った。

「いいけど、なんで？」

『話したいことがある。そんなに時間はとらねえよ』

「それはいいけど」

『じゃあ自転車で行くから、待っててくれ』

近道をすれば、確かに電車より自転車のほうがよほど早そうだ。

『三十分くらいで着くと思う』

それじゃ、と慌ただしく通話が切れて、碧はびっくりしたままスマホを眺めた。森田のアイコンはすっかり見慣れてしまったブルーのロードバイクだ。

「……三十分」

なんの話だろうとか、どうしてわざわざ来るんだろうとか、疑問はいくらでも湧いたが、碧ははっと我に返った。あと三十分で森田が来る。

急に焦(あせ)って、碧はバスルームに飛び込んだ。今日は長時間のロケでかなり消耗(しょうもう)した。森田に疲れた顔を見せたくない。

シャワーを浴び、手早く髪を乾かしながら今度は「服どうしよう」と激しく迷った。リラックスウェアはあり得ない。でもこの時間にあんまり頑張るのも不自然だ。

結局グレーのリネンシャツと柔らかな素材のオフホワイトのパンツにして、気に入りのオーデコロンをつけた。海外ロケに行ったとき、量(はか)り売りの店で気紛(きまぐ)れに買ったコロンだ。

ほのかな香りをアクセサリー代わりにつけて鏡をのぞくと。目がきらきらしていて恥ずかしいくらいだった。

もうすぐ森田に会える。

なんのために自転車旅行から帰ってすぐ会いに来る気になったのかはさっぱりわからないが、疑問より喜びのほうがはるかに上回っていた。ただただ顔を見たいし声を聞きたいし話がしたい。

「ごめんな、急に」

約束の三十分より少し早く、森田が姿を現した。

「ぜんぜんいいよ」

シャワーを浴びてエアコンの利いた部屋で身なりを整えた碧と対照的に、森田は汗だくで軽く息を弾ませていた。ロングスリーブのカットソーに細身のパンツで、脇にヘルメットを抱えている。

一週間会っていなかったくらいで懐かしい気持ちになるのが不思議だ。なぜか玄関先で見つめ合ってしまい、気恥ずかしくなって「入って」とごまかした。

「自転車、エントランスの客用スペースに入れたけど、よかったか?」

「うん、大丈夫」

今さらちょっと緊張して、碧は「なにか飲む?」と冷蔵庫を開けた。

「どうぞ」

炭酸のボトルを手渡し、自分も一本手に取って、少し間をあけて森田の横に座った。

「それで、どうしたの？　急に」

森田の汗で濡れた首や日焼けした肌をまともに見れない。

「――あれ、いつもあんなの来るのか？」

珍しく言い淀んで、森田はボトルのキャップを開けながら訊いた。

「あれって？」

「ラジオの感想。碧がコピー送ってくれたの見たけど、あれ、リスナーが書き込んだのそのまなんだよな？」

「そうだけど」

森田が碧のほうを向いた。厳しい目と視線が合って、驚いた。

「いつもあんな？」

「いや、いつもはあんなに来ないよ。森田すごい人気で」

怒ってるのか？　どうして？　と慌てて早口になった。

「なんか変なコメントあったっけ？」

「碧は平気なのか」

「うん？」

ぜんぜん意味がわからない。戸惑っていると、森田が眉をひそめた。

「碧のこと面白くないとか、いつもは興味ないから聴かないとか、あんなの見たら嫌な気分になるだろ」

森田が語気を強めた。

「碧が見るってわかってるのに、なんでそのまま残してるんだ」

本気で怒っている。

「いや、でもあれはリスナーの正直な反応だから。番組作りの参考にスタッフみんなで共有しないと」

確かにあまり嬉しくない言い回しのコメントは多かったが、優等生キャラで売ってきた碧に対するよくある評価だ。慣れているし、さして人気のない碧にとってはコメントがくるだけ嬉しいくらいだ。

「碧はスタッフじゃないだろ。碧に見せるんならスタッフが選別して、碧には気分よくトークできるようなコメントだけ見せるように配慮すべきだ」

驚きすぎて、碧はぽかんと森田を見ていた。

「あ、あのくらいはしょうがないよ。個人攻撃みたいなのはさすがにチェックしてくれてると思うし…」

「俺はムカつく」

森田が短く遮った。

「え？　でも森田のことはみんな面白かったって…」

「じゃあ碧はモリタクつまんねーってコメント来てたら俺に見せたか？」

鋭い言葉に、なにも言えなくなった。

「見せたか？」

「……」

重ねて問われて、碧は首を横に振った。

見せない。

見せないし、きっと腹を立てる。

「だろ？」

森田が確認するように視線を合わせてきた。

彼のことを悪く書かれたら腹を立てるし、森田にも絶対見せない——彼のことが好きだから。

碧はとっさに目を逸らした。耳が熱い。頬も熱い。きっと真っ赤になっている。こめかみがどくどく脈打ち、碧はたまらずうつむいた。

「碧のことつまんねえとか言うやつ、全員ぶん殴りたい」

森田がぼそっと呟いた。

どうして？　どういうこと？　混乱して、頭がぐらぐらして、まとまったことが考えられなくなった。

沈黙が落ちて、自分の心臓の音が聞こえてしまいそうだ。森田は前を向いたまま黙り込んでいる。

「あ、あの」

なにか話さないと、と焦って声が裏返った。

隣に座っていた森田がこっちを向いて、碧は反射的に腰を浮かせた。

「碧」

逃げそうになった碧の腕を森田が押さえるようにした。

腕をちょっと触られただけなのに、身体中がかっと熱くなった。額にじわっと汗がにじむ。

森田もはっとしたように腕を離した。

「——あの…」

今度の沈黙は緊張をはらんでいた。

森田は今何を考えているのか、——もしかして好きだってばれたかも、もしかして——……

「俺、——碧のことが好きだ」

耳から入って来た情報を、脳が処理しきれずにフリーズした。

好き？

好き？

誰が、誰を？

碧は目を瞠ったまま固まった。情熱のこもった眸に身体が竦む。

「合宿行ってる間、なんかずっと碧のことばっかり考えてて、――早く帰って碧に会いたいとか…友達に、そんなん思ったことないのに変だよな」

森田が困ったように眉を上げた。

「それで家帰って、碧に送ってもらったラジオのコメント見て、めちゃくちゃ腹立って、どうしても碧に会いたくなって」

日焼けした頬やがっしりした首が男らしくて、森田はこんなに格好よかったっけ、と思考がどんどん散らかっていく。

ごくりと唾を呑み込んで、碧はひたすら森田を見つめていた。

「ごめんな。突然」

「ま、待って」

森田が腰を上げかけて、碧はとっさに腕をつかんで引き留めた。無意識に息を止めていた。

「おっ、おれも――おれも、森田がす、好き…」

胸の中でいっぱいになっていた気持ちが、いきなり弾けて言葉になった。

今度は森田が大きく目を見開いた。

「おれのほうが、先に好きになってたと思う……」

しばらくただ見つめ合って、碧は森田の腕をつかんでいた手をそっと外した。

森田がソファに座り直した。

「本当？」

彼らしくない緊張した声に、碧は夢中でうなずいた。

「――ほんと」

こんなに近くで顔を見たのは初めてで、やっぱり好きな顔だ、と恥ずかしくなってうつむいた。

「碧」

そっと呼ばれて、どきどきしながら顔を上げた。

シャワーしててよかった、と頭の隅で考えた。森田は汗の匂いがする。いい匂いだ。好きな男の匂いにどんどん体温が上がる。

「碧、…いい匂いするな」

体温が上がったぶん、オーデコロンが香った。好きな男の匂いに誘われて、甘い匂いをさせている自分がなんだか恥ずかしい。

「森田もいい匂いする」

「汗臭いだろ」

ちょっと困った顔でカットソーの襟元（えりもと）を引っ張った森田に、碧は首を振った。

「森田の匂い、好きだ…」

キスしたい。

キスしてほしい。

顔を近づけると、森田の眸に力がこもった。心臓が高鳴って、どうにかなってしまいそうだ。

「——」

唇が触れ合って、すぐに離れた。力強い腕に引き寄せられ、くらくらしながら碧も夢中で彼の背中に腕を回した。

「碧」

感動に満ちた声に、碧も「拓斗（たくと）」と下の名前を呼んだ。

どちらからともなくまた口づけ、顔が見たくなって離れて、すぐまたキスをした。

「あー、やばい」

何回目かのキスのあと、森田が身体を引いた。

「なんで」

熱に浮かされたように逃げる身体を追いかけると、森田が「やべえよ」と笑って押し返した。

「碧、やたら顔きれいだし、近くで見てると変な気分になる」

「なってよ」

もう止まらない。

「だめ？」

どきどきしているのがときめきなのか興奮なのか、自分でも判別がつかなかった。彼と触れ合ったところがぜんぶ溶けてしまいそうだ。汗ばんだ肌と、布越しでもわかる充実した筋肉、もっと触りたいし、触ってほしい。

「拓斗」

思い切って、深いキスに誘った。唇を割って舌を差し込むと、森田は一瞬戸惑い、それから応えてくれた。

「――…ん、ぅ……」

一度始めてしまうと、翻弄されるのは碧のほうだった。

分厚い舌をいっぱいに受け入れさせられて、息をぜんぶ吸い取られる。気づくとソファに押し倒されて、激しいキスにただ圧倒されていた。

「――は、……っ、はぁ…」

両手を森田の首に巻きつけ、逞しい身体に押しつぶされる。酸素を求めて口を離し、すぐまた唇を奪われた。

「あ、――ん……っ、…」

コロンの甘い香りが、自分が発情していると伝えてしまう。

森田の大きな手が、頬から耳、首筋を撫でた。襟元から入ってくる指の感触にぞくぞくする。

もっと触ってほしくて自分でシャツのボタンを外して、ついでに森田のカットソーの裾から手を入れた。なめらかな肌を手の平で味わうと、興奮が募る。

森田が一度起き上がってカットソーを頭から抜くようにして脱いだ。適度に筋肉のついたきれいな身体に本気で見惚れた。

「碧は…男としたことあるのか」

「うん」

シャツの前をぜんぶ開けて、碧は正直にうなずいた。

「おれはゲイだよ」

森田がわずかに目を見開いた。

「でもこんなふうに好きになったのは、拓斗が初めて」

手を伸ばして固くなったボトムの前に触れると、森田が慌てたように手首をつかんだ。

「触りたい」

碧は森田を見上げて囁いた。

「だめ?」

森田が困ったように口元を緩めた。

「だめじゃないから、だめ」

「なにそれ」

「止まらなくなる」

「止まらなくなってよ」

彼が自分に欲望を感じてくれている。嬉しい。

「――好き、拓斗」

勝手にこぼれた言葉に、森田の眸が甘くなった。

返事の代わりに唇が重なってきて、碧は目を閉じて情熱的なキスを受け止めた。

「碧…」

押し倒されると肌が密着し、布越しの昂りがはっきり感じとれた。

ボトムのジッパーを下ろして直に触ると、じっとりと熱く勃起していて、その重量感に息を呑んだ。森田がかすかに眉をひそめ、感じてくれてる、と碧はそっと握り込んだ。触っているのは自分のほうなのにどうしようもなく興奮する。

「――、碧……」

「ん？ な、なに……？」

熱い。大きい。先端が濡れてきて、ぬるぬるする。

「あ、…っ」

夢中になっていて、不意打ちにボトムの中に手を差し込まれた。

「あ、ぁ……っ」

甘い痺れに勝手に声が洩れた。

「あ、あ…、や、それ、いや……あ、…っ」

「碧」

舌で唇を舐められて、思考が完全にとけてしまった。

「ん、あ、ああ……あ、――もう、いく、…っ…拓斗……」

自分の舌がとても小さく感じる。抵抗できない。

舐められて、強く吸われて、なすすべもなく全部を明け渡してしまう。

手で愛撫され、キスでとろかされて、快感でいっぱいになった。

「あっ、あ」

触っているのか、触られているのか、愛撫してるつもりで快感に流され、なにがなんだかわからない。ひたすら喘いで、夢中になった。

「…い、気持ちいい、もう、――」

感じる裏側の敏感なところをぬるぬる刺激されて、高みに追い上げられる。

「もう、――いく」

鋭い快感に突き上げられて、碧はびくっと震えた。

射精の快感がこんなに深いのは初めてだった。

「――は、あ……は、っ……はっ……」

頭の奥が真っ白になって、それから酸素を求めてひたすら激しく息をした。まだ興奮がおさまりきらない。

「拓斗…」

やっと目を開くと、森田も息を切らして照れくさそうにこっちを見ていた。

「ごめ、ごめん――おれだけ…」

「やばいな、これ」

気づくと、ボトムの前がぐしゃぐしゃになっていて、碧の手も精液で濡れていた。自分だけ達したのだと思っていた。

「動くなよ」

森田がボトムを直してそろっと身を起こした。ローテーブルの上にあったティッシュケースからティッシュを引き抜き、碧の手を拭き、それから碧の腹のあたりに飛び散った精液を拭いた。

「拓斗も、出した?」

途中からなにがなんだかわからなくなった。

「訊き方」

森田が苦笑した。

「だって」

「出した」

中途半端に腕にひっかかっていた碧のシャツを脱がして、森田が気恥ずかしそうに笑った。

「ごめんな、汚した」

「ううん……」

少し呼吸がおさまると、碧もじわじわ恥ずかしくなってきた。

「おれ、なんか夢中になっちゃて…」

終わったあとは気怠(けだる)く醒(さ)めていくのが普通なのに、見つめ合うと多幸感(たこうかん)に満たされて泣きそうになった。

「俺もだ」

森田が短く答えた。

彼らしくもなく瞳に動揺が浮かんでいる。

信じられない。

森田が恋人になってくれた。

「碧」

森田がふいに強く見つめてきて、あ、と思ったときに荒々しく抱き込まれた。

「好きだ」

短い言葉が身体の芯まで震わせた。

この先のことは、まだぜんぜんわからない。

でも、今のこの幸せは絶対だ。

6

朝、目が覚めると、碧はゆっくり寝返りをうって仰向けになる。寝起きがいいほうではないから手足を伸ばし、少しずつ身体を目覚めさせていくのが毎朝のルーチンだった。

——拓斗。

覚醒していくまで時間がかかるほうなのに、恋人の存在が頭に浮かぶと、ぱっと目が覚めた。

〈碧、おはよう〉

いきなりスイッチが入って、碧はがばっと起き上がり、サイドテーブルの上のスマホを手に取った。

〈おはよ〉

三十分前に来ていた挨拶に返信して、ああ拓斗と恋人になったんだ、と性懲りもなく嬉しさを嚙みしめた。

彼と気持ちを打ち明け合って、一週間経った。

あの夜はどうしても離れがたくて、本当は泊まっていってほしかったが、森田も碧も次の日の早朝から外せない用事があり、かつ安土がマンションまで迎えに来ることになっていたので、しかたなく深夜に別れた。

彼が帰る直前まで飽きずにキスして、好きだと囁き合った。

エントランスの前まで見送りについて行き、マンションの敷地から出ていく森田の後ろ姿に、本気で追いかけたくなった。

少しでも一緒にいたいし、いつでも彼に触れていたい。

完全に頭が馬鹿になっている。

恋に溺れそうになっている自分が怖くなって、碧はなんとか冷静になろうと努力した。無駄な努力だった。

幸か不幸か、碧は地方の仕事が入っていたし、森田も用事が立て込んでいてこの一週間は会えないでいた。

〈もう家出た?〉

挨拶が既読になって、碧はせっかちに訊ねた。

〈まだアパート。あと十分で出る〉

〈一分だけちょうだい。顔見せて〉

しょっちゅうやりとりをして、時間があれば電話で話す。

『おはよ』

すぐビデオ通話がかかってきて、碧は急いで鏡をのぞき、髪をざっと直してから応答した。

スマホの画面で森田のほうはもうすっかり身支度が終わっていた。

「おはよう。ごめん、寝てた」

『昨日遅かったんだろ?』

「ちょっとね。クランクインの前に地方の仕事まとめて入れてたみたいで、移動に時間とられて」

『明日からだな』

森田が感慨深そうに言った。いよいよ明日から撮影が始まる。彼にも会える。

「緊張してる?」

『あんまり。実感ねえしな』

「さすが」

でも碧も今回はいつもほど緊張していない。あんなに熱望していた久坂の映画のクランクインなのに、森田に会えることばかり考えていて、自分でも呆れていた。

ただし、碧にとっては決して悪いことではなかった。

「映画の撮影前って前はぜんぜん眠れなかったのに、今回は眠れてるんだよね。台詞の入りもめちゃくちゃよかったし」

恋でいっぱいになっていると情緒がこんなにも安定するのか、とそれにもかなり驚いていた。

「明日、やっと会えるね」

一週間は長かった。

『だな』

画面の中の森田も同じことを思ってくれているのがわかる。

『じゃあ、そろそろ時間だから行くな』

森田が名残惜しそうに言った。

「うん、またね」

ビデオ通話を切ると、暗くなった画面に特徴的なロゴが浮かんで消えた。ほんの少し、うしろめたい気分になった。

今までは普通のトークアプリかＳＮＳのアカウントで連絡を取り合っていたが、つき合うことになってから、森田とのやりとりは全部この秘匿性の高いツールに切り替えた。

「なにそれ？」

最初、森田は少し難色を示した。

「犯罪者が使うやつなんじゃないの」

詐欺グループが検挙されるたびに使用されていた、と名前のあがるツールなのはその通りだ。シークレットチャットは全て暗号化されて運営ですら見られないし、音声も映像もすべてが外部から守られ、一定期間がくれば自動的に消去される。

以前、身体の関係があった人気モデルが、お互いバレたらやばいから、とこのツールを教えてくれた。

黒木レノンとつき合っていたのは四年ほど前で、当時の彼の人気は凄まじかった。端整な美貌と完璧なスタイルでメンズモデルブームを牽引し、男性化粧品やファッションブランドがこぞってレノンコラボを売り出していた。

碧も高校時代はモデルの仕事がけっこうあったので、何度か黒木と一緒になった。着替えのときに偶然を装ってボディタッチされ、目配せと回りくどい会話の末に暗黙の了解で関係を持った。黒木はプロ意識が高かった。絶対にバレない相手を厳選し、慎重に慎重を重ねて会う。恋愛感情はまったくなかったし、彼もどちらかといえば抱かれたいほうだったので自然に切れたが、碧はプロとしてのふるまいを彼から学んだ。

その次につき合った他の事務所のスタッフとは、最初から当たり前にこのツールでやりとりした。

二人とも立場があり、絶対に関係を洩らさない、という強い意思があった。森田とは違う。

「なんでこんな変なアプリ使うんだよ」

「万が一ってことあるから」

「万が一って?」

「誰かがスマホ見ちゃうとか、あるかもだろ」

森田を疑うわけではないが、どこでどんなふうに他人の目に触れるかわからない。もしやりとりが流出するようなことになったら終わりだ。

それでも森田はピンときていない様子で、碧はもしかして、と嫌な予感がした。

「おれ、拓斗とつき合ってること、秘密にしたい」

え？　と驚いた顔をした森田に、碧も驚いた。

「だって、バレたら困るだろ？」

「俺は困らないけど、――そうか、碧は困るのか」

森田には隠すという発想がなかった。

「ごめん…おれは、困る」

森田も隠したがるはず、と思い込んでいた。

「拓斗は男とつき合ってるって友達とかにばれても平気なの…？」

「俺はいいけど、でも碧はまずいよな。誰かとつき合ってるっていうの自体、隠さないとだめか」

やっと呑み込めた、というように呟いた森田に、碧は罪悪感を抱いた。

森田は堂々と付き合うつもりでいてくれた。

「ごめん」

森田が隠す気がなかったことに、碧は喜びと申し訳なさを半々に感じた。でも仕方がない。

多かれ少なかれ、この仕事を選ぶということはプライベートを犠牲にするということだ。きっぱり公私を切り分けても、逆に私生活を売り物にしても、完全な自由を失うことには変わりがない。碧の場合は、家族がすでに後者を選んで成功しているという事情もあった。

今、仕事がもらえているのは事務所と家族のおかげだ。自分の都合でみんなに迷惑をかけるわけにはいかない。

まるで悪いことでもしているように関係を隠すのは、彼には不本意だろう。それでも森田は碧の立場を理解してくれた。

一度閉じたアプリを立ち上げて、碧は「大好き」と森田に送った。

森田が好きだ。どうしようもなく好きだ。

たぶん、これからもっと好きになる。

でもこのツールで送信した「大好き」は、森田に届いて、そしてしばらくしたら永遠に消えてしまう。

最初からなかったかのように。


いよいよ撮影が始まった。

ロケの多い真夏の撮影は過酷だ。

映画の作中時間も基本八月だが、回想シーンには秋もあり、炎天下で寒そうにコートの襟を立てたりしなくてはならない。汗止めスプレーと保冷剤を駆使して乗り切る。

森田の撮影は最初の三日で終了した。

「久坂さんが見つけてきた逸材」「まったくの素人」「本人は役者をやるつもりはない」という情報にいろんな方向から好奇心をぶつけられていたが、森田はいつものふてぶてしいまでの通常モードで通し、撮影もごく普通にこなした。

「確かにあれはたいした大物」

「役者の才能があるってわけじゃないとこがまた」

「これ一本だけなの惜しいけど、逆に正解かもな」

スタッフがそんな噂話をしているのを耳にして、碧はひそかに誇らしかった。

「久坂さん、次いつ撮れるかわからないみたいだし、いいの連れてこれてよかったよ」

今回が久坂の正念場だということは碧も理解していた。アート系の邦画作品はなかなか客を呼べない。「久坂陣監督作品」についているコアなファンだけでなく、一般客にもアピールするため、海外の映画祭で大きな賞を取ることを目指しているはずだ。それに少しでも貢献したい。

碧はほぼすべてのシーンに絡む。体力には自信があるほうだが、それでも十日を過ぎると徐々に体重が落ちてきた。

予算がタイトなので、撮影の日程順守は徹底されていた。リテイクを出さないように集中して、かつ初めての座組の中に入るにあたって周囲との協調にも気を配る。

充分用意して臨んだが、現場で要求されるものは想定外のことばかりで、碧は自分の持っているもの全部でぶつかり続けた。

「碧、…じゃない、中原。水飲むか？」

自分の撮影は早々に終了したが、こんな経験はもうないから、という言い訳で森田は毎日現場に足を運んでくれていた。

「ありがとう」

その日のカットを撮り終えて疲労困憊でロケバスに戻ると、森田がドリンクを差し出した。撮影も終盤に入り、周囲のキャストもみなそれぞれ限界で、誰も変に注意して見たりはしない。森田からドリンクを受け取るときに、意図せず指が触れた。あ、と思って、つい目を見合わせてしまった。頭ではわかっているのに、身体の反応は正直だ。勝手に指が動いて森田の手をなぞった。森田も面映ゆそうに微笑んだ。撮影の緊張と疲労が恋の高揚をかさ増ししていて、自分でもどうしようもない。早くキスしたい、抱き合いたい。

「今日、夜来てくれる？」

進行スタッフが明日のスケジュール表を配っている。明日は午後からの入りだと確認して、森田にそっと囁いた。

大学が夏季休暇ということもあり、森田は撮影期間のスケジュールを丸々空けていた。碧が会いたい、と言えば来てくれる。

「何時？」

「十時くらい」

「わかった」

約束を交わすと、疲れ切っているはずなのに、もう全身が期待でいっぱいになっていた。撮影と恋で溢（あふ）れそうになっていて、他のことは入り込む余地がない。

もっと慎重になるべきだ。

そんなことは充分わかっている。でも心も身体もいうことをきかない。

「森田君、自分の撮影終わってるのに毎日来てるの？　びっくりだ」

クランクインのときには挨拶（あいさつ）しに来たが、それ以降、安土（あづち）は現場には顔を出していなかった。

「ずいぶん碧の世話してくれて、俺よりよっぽどマネージャーぽいじゃない」

少し前、ふらっと立ち寄ってそんなことを口にしたので、碧は内心ひやりとした。

「まあいいけどね。ほどほどにしてるぶんには」

ぼそっと呟いたのは、関係を見抜いたからだろう。

暗にバレないように気をつけろ、と警告されているのに、森田は平然としていた。

「ちょっとくらいどうってことねえよ」

当たり前のことだが、森田は碧ほど神経質に隠すつもりがない。ちょっとした仕草や言葉遣いに、自分のことは棚にあげてハラハラしてしまう。

現場に来るのはやめてもらったほうがいい、とわかっていたが、撮影が終わればもう毎日は会えない。そう思うと踏ん切りがつかなかった。安土に遠回しに注意されたときも、結局「どうせもうすぐクランクアップだし」と欲に負けた。

それに、森田はすでに充分譲歩してくれている。

匿名ツールでやりとりし、碧のマンション以外では二人きりで会わない。撮影に影響しないよう、碧の負担になるような性行為も避けていた。

早くこの熱病のような期間を終えて、もっと落ち着いて恋がしたい——そんな綱渡りで真夏を駆け抜けて、八月の最終週、予備日を一日残して無事撮影はクランクアップを迎えた。


「お疲れ」

「お疲れ様でした」

打ち上げは、撮影スタジオにほど近いレストランバーで行われた。

スタンドテーブルとカウンターがメインで、一番奥にはライブ演奏のできるな小さなステージも設えられている。

久坂とプロデューサーがそれぞれステージで挨拶をして、乾杯、とグラスを掲げた。盛大な拍手のあと、キャストもスタッフも解放感からすぐ陽気に騒ぎだした。

最低限の挨拶をしたら抜けて二人だけで打ち上げしよう、と約束していたが、碧も森田も次から次に声をかけられ、なかなか切り上げるきっかけがつかめなかった。もっと言えば、碧が二人きりで抜けるところを見られたくなかった。森田はそれに苛々している。

「中原君、森田君」

森田と二人でカウンターに並んでいるところに、久坂がわざわざグラスを持って近寄って来た。

「二人とも、今回は本当に協力ありがとう」

「こちらこそ、貴重な機会をありがとうございました」

「どうも」

碧は席を立ってグラスを受け取ったが、森田は簡単に会釈だけした。久坂が苦笑した。

「森田君、結局映画には興味出てこなかった?」

「そうですね。残念ながら」

「でも毎日撮影見学に来てたよね?」

「まあ、そうすね」

森田が来ていたのは、自分に会うためだ。

「でも映画はそんなに？」

「まあ」

曖昧な返事の連続に、久坂がさすがに少し鼻白んだ顔になった。

「中原君、本当に最後まで全力尽くしてくれてありがとう」

「こ、こちらこそ。久坂さんの作品に関わるのが夢だったので、必死でしたけど、充実していました」

森田のぶんまで頭を下げると、久坂が微笑んだ。

「また機会があったら、ぜひ一緒に」

「はい！」

ありがとうございます、と深く頭を下げて次の相手に向かっていく久坂を見送っていると、森田が碧の腕に触れた。

「碧、もう帰ろう」

心底うんざりしている声に、碧もむっとした。

「――『中原』」

「うん？」

「『中原』だろ」

人前で下の名前を呼ぶのはやめよう、と約束したはずだ。森田が肩をすくめた。小さな亀裂が、徐々にはっきりしてきている。

本当は碧も拓斗、と呼びたい。いつでも、どこでも。でもできない。好きなのに全力で恋に向かって行けない自分がもどかしかった。

「行こう。もういいだろ」

森田が腰を上げ、碧も少し遅れて店を出た。駅前通りは混雑していた。碧が追いついてくるのを待って、森田が無言で駅のほうに歩き出した。

夏の夜風は気持ちいいのに、沈黙には不穏な空気が流れていた。

「なんで久坂さんにあんな態度とったの」

「あんなって?」

「失礼だろ」

森田が大きなため息をついた。

「映画映画って、もう聞き飽きた」

「拓斗」

「『森田』」

森田が乱暴にカーゴパンツのポケットに両手を突っ込んで足を止めた。まっすぐ見つめてくる目に、碧も足を止めた。行きかう人が邪魔そうに避けていく。

「『森田』だろ？　中原」

諦めたような眼差しに、どきっとした。

「――拓斗！」

森田はいきなり足を速めて歩き出した。慌てて追いかけようとしたが、横を通る若い女の子がふとこっちに目をやった。足がすくんだ。森田は振り返らずに歩いて行く。どんどん背中が遠くなり、碧は数歩足を動かして、立ちつくした。

ひとりぼっちで雑踏の中に置き去りにされ、ただ遠くなっていく森田の背中だけを見つめていた。

「拓斗…」

――『森田』だろ？

「拓斗」

森田は碧を置いていったが、碧も森田を追いかけなかった。

自分も彼を傷つけていたのだと、ようやく悟った。

森田の背中が見えなくなって、碧はのろのろと歩き出した。

7

嫌な別れ方をした直後から、森田とのやりとりがふっつりと途切れた。

撮影が終了してしまったから、顔を合わせる機会もない。

あの夜の、人波に消えていく森田の後ろ姿を思い出しては泣きそうになった。一週間、どんなに待っても森田からの連絡はなく、碧もメッセージを送る勇気が出なかった。

スマホの中には、つき合うようになる前のメッセージしか残っていない。好きだと何度も伝え合い、ときにはエロティックなやりとりもしたのに全部消えてしまった。

そう望んだのは自分だ。

ぜんぶ自分のせいだ。

撮影期間に完全に重なっていたこともあり、彼が恋人になってくれたのは夢だったんだろうかとさえ思ってしまう。

「碧、碧ー、起きてるかー?」

「はい」

いつの間にかぼうっとしていて、碧ははっと瞬きをした。タブレットを片手に、安土が顔を覗き込んでいる。夜の事務所はがらんとしていて、壁にとりつけられた大型モニターが所属タレントのプロモーションを無音で流し続けていた。

「どしたの、最近。もしかして燃え尽き症候群？　大丈夫?」

心配されて、碧は作り笑顔を浮かべた。

「ごめん、大丈夫。軽い夏バテかも」

「ま、久坂さんの撮影けっこう過酷だったみたいだから疲れ出ても不思議はないけどね。この配信ドラマが終わったらまとまったオフ入れるから、それまでもうちょっと頑張って」

「うん」

事務所に来るのは久しぶりだ。

もともと年に一回の契約更新と事務所の創立記念日に出るくらいで、今日来たのも会議のあった安土と近くのフォトスタジオで写真撮影のあった碧のタイミングがたまたま合ったからだ。

ミーティング用のブースは間仕切りに事務所の稼ぎ頭のポスターが貼ってある。両親はそれぞれ等身大パネルまであった。元気そうだな、とぼんやり思う。

「じゃ、撮影スケジュールと配役はあとで送るよ。ま、スピンオフだから同じ顔触れだけどね」

前クールの漫画原作の学園ドラマがまずまず人気で、碧の演じた当て馬王子にも春がきてほしい、という要望に応えてオリジナルの単話配信が決まった。今回は主演だ。

「ここのところ碧、いい波来てるんじゃない？」

「そうならいいけど」

覇気のない返事をしてしまい、慌てて「頑張りますよ」と笑顔をつくった。

「じゃ、家まで送るよ」

安土の車の後部座席で、碧は習慣的にスマホを手にとった。このところ、暇があればＳＮＳ

をチェックしてしまう。

森田のアカウントは以前からほとんど動かないし、写真が趣味の「サク」は夜空を撮りに鳥取旅行の最中で、「干しミカン」と「YD21」はそれぞれの実家に帰省している。それでもコメントを見ると、森田の名前がときおり出てきた。

〈モリタクもう撮影終わっとるんかな〉

〈あいつ最近さっぱり反応しねーのよ。合宿のとき金借りたから返さんと〉

〈休みのうちに一回飲み行かん？〉

〈行く行く。ほんじゃモリタクにも声かけとくわ〉

「最近、碧しょっちゅうスマホ見てるね？」

友人たちのやりとりを遡っていると、運転席から安土が気軽に話しかけて来た。

「え、そうかな？」

「前は目に悪いって暗いとこじゃ見なかったじゃない。プロ意識高い碧君、なんかあったわけ？」

「なんにもないよ。SNS、やっぱりおれももうちょっとやったほうがいいのかなあって」

言い訳を口にして、ふと思いついた。

「試しに、毎日ちょっとしたこと自分でポストしてみようかな」

今までは打ち上げの様子やロケの状況なども、全部スタッフが碧の代わりにポストしていた。

「そりゃマネージャーとしては大いに賛成だけどね」

安土がバックミラー越しにこっちに目をやった。

「碧だから心配ないとは思うけど、一応スタッフに問題ないかチェックしてもらってからポストってことでいい？」

「うん、もちろん」

森田は以前、碧の書いているラジオのコラムを読んでみよう、と言っていた。自分が彼の友達のSNSをチェックしているように、彼も自分の公式SNSを見てくれるかもしれない。

直接連絡を取る勇気はないけれど、間接的に、自分は彼をまだ好きなのだと、やり直したいのだと伝えたい。

その夜から、碧は公式SNSに身近な出来事や仕事の状況、思いついたことや愛用品の写真などをアップした。保存状態にしておくと、だいたい半日遅れで事務所のスタッフが問題ないか確認してからポストしてくれる。

——撮影終わりました。大変だったけどいい経験をさせてもらえて感謝しています
——最近は仕事とプライベート、どちらも大切にしたいなと思うようになりました
——愛用しているフレグランスです。友達にも好評でした
今まで事務的なお知らせしか流していなかったので、コメント欄もオープンにしていて、数少ないファンから「急にどうしたの？」「でも嬉しい」と反応があった。

森田が見てくれたら、としか考えていなかったのでびっくりしたし、うしろめたい気持ちになった。

——いつも応援ありがとうございます

——近いうちに新しいお知らせができると思うので、待っていてくれると嬉しいです

初めてはっきりファンに向けて発信してみた。

「ずっと応援してます！」「お知らせ楽しみ」「頑張ってくださいね」「碧君、最近ファンサしてくれて嬉しいです」

思いがけずたくさんのコメントがついてまた驚いた。

今まで、碧はあまり自分のファンのことは意識していなかった。ひとつにはあまり売れていない、という事実があったからだ。自分の実力にも自信がない。

同年代の俳優たちの中にはすでに実績を積み重ね、海外で活躍を始めたり、映画賞を受賞したりしている者もいる。キャリアだけは長いが、それも事務所の力があってのこと、つまり親の七光りで続けていられるだけだ、と自嘲気味に考えていた。優等生で面白くない、個性が弱くてぱっとしない、そんなイメージをもたれていることも承知している。

自分を応援してくれている人もいるにはいるが、その人たちにしてもそこまで注目しているわけじゃない、と勝手に決めつけていた。

でも、自分のささいな発信にこうして反応してくれる人がいる。

反応いいし、しばらく続けてみたら、と勧められたこともあり、一日に二回、他愛のないポストをするようになると次第にフォロワーが増えた。

「碧君、子役のときから見てます。このごろ大人っぽくなりましたね！」

「子役時代の写真見てみたいな」

「検索すると出てきますよ」

「事務所のHP、リンク貼っときますので、よかったら」

「見ました、ほんとキュート」

「碧君、子役時代からほんとに演技上手だったんですよね」

「いつも中原碧君出るとドラマ自体が締まるなって思ってました」

コメント欄が賑わうようになったのは安士も想定外だったらしく「様子見て、荒れそうだったらコメント閉じたほうがいいかもね」と気にかけていた。

しかしそんな心配をよそにファン同士の交流はなごやかに続いた。特に「こでまり」と「なつき」というアカウントは昔から見守ってくれているファンらしく、質問があがると丁寧に碧の昔の出演作やウェブに残っているインタビュー記事などを紹介してくれる。「こでまり」は言葉遣いが優しく、「なつき」は親切な人柄が垣間見えて、こんな人に応援してもらっていたんだ、と碧は今さら感じ入った。

同時に、両親や姉がことさら自分たちのイメージを守ることにこだわる気持ちが理解できた。

ファンをがっかりさせたくない。

応援の気持ちを裏切りたくない。

黒木レノンも「ファンの夢を壊すのはプロ失格」と口癖のように言っていた。

その意味がようやく本当にわかった気がした。

一方で、森田からはなんの反応もなかった。

彼の友人たちのSNSにも森田の新しい情報はあがってこない。

このまま自然消滅になるんだろうか。

なにをしていても森田のことが頭の片隅にあって離れてくれない。

「碧君、なんか元気ない〜？　疲れてるのかな？」

久しぶりのラジオ収録のあと、打ち合わせで真理やスタッフたちに心配された。

予定が詰まっていたのでしばらくは録り溜めていた放送を流してもらっていて、局に来るのはほぼ二月ぶりだ。

「元気なかったですか？　すみません」

「いやいや、トークはいつも通りよかったよー」

「毎日暑いしねえ。久坂さんの撮影大変だったでしょ？」

なにをしても心は晴れなかったが、気を許している人たちと馴染みの場所に、少しだけ気持ちが慰められた。

収録のあとの打ち合わせも終わり、いつものように「食べな食べな」と差し入れのゼリーを勧められた。

「久坂さんの映画、公開いつだっけ?」

「来年夏の予定です」

「撮影どうだった? 森田君どんな感じだった?」

訊かれるだろうな、と予測していたので「やっぱり大物でした」と笑って答えられた。

「ぜんぜん動じないし、前にコンビニでバイトしてたからってさらっとこなしちゃって」

「ねえねえ、また森田君呼んでゲストトークしてよ。撮影中の話聞きたい」

真理が熱心に言って、波田が「いいねえ」とうなずいた。

「森田君に交渉してみてくれない? 試写のあとか、公開直後でもいいね。映画の宣伝兼ねて」

「そうですね」

平静を装ったが、食べていたゼリーの味がしなくなった。

――碧のことつまんねえとか言うやつ、全員ぶん殴りたい
不意に森田の声が耳に蘇った。

「すみません、ちょっと外します」

とたんに目の奥が熱くなり、碧は慌てて席を立った。スタッフルームから飛び出すように外に出て、廊下の端の非常階段に向かいながらポケットの中のスマホを握った。歯を食いしばっ

ていないと泣いてしまいそうで、碧は必死で涙をこらえた。

会いたい。

どうしても会いたい。

「——え」

もうこれ以上我慢できない、たとえ突き放されても声だけでも聞きたい、と夢中でスマホをつかみだして、碧ははっと目を見開いた。匿名(とくめい)ツールのアプリがメッセージの受信を報(しら)せている。どきん、と心臓が大きく跳ねた。

このツールで連絡してくる相手は一人しかいない。

心臓が凍ったようになって、しばらく指を動かすこともできなかった。

足から力が抜けそうになり、防火シャッターにもたれかかってごくりと唾(つば)を呑み込んだ。おそるおそる森田からのメッセージを開いて、碧は息を止めた。

〈会いたい〉

たった一言だけのメッセージを、以前も彼から受け取った。合宿旅行から帰ってきてすぐ、三十分で行く、と言って会いに来てくれた。

〈おれも会いたい〉

返信すると、通話が鳴った。

『碧?』

「うん」

碧はスマホを耳に当てたまま顔を上げた。

ほんの少し甘い、森田の声だ。全身が細かく震えた。

『会える？』

「会いたい」

たったそれだけのやりとりで、互いの気持ちがまだ同じところにあるのだとわかった。

『今どこ？』

「ラジオ局。収録終わって、打ち合わせ。でももう終わった」

『迎えに行くから、パーキングで待ってて』

「え？」

『レンタカーで旅行しようって、前話したことあっただろ？　旅行は無理だけど、ドライブしようぜ』

この何週間かの音信不通などなかったかのような物言いだ。

『だめか？』

「だ、だめじゃない」

戸惑ったのは一瞬で、碧は飛びつくように返事をした。

「待ってる！」

以前と変わらないようでいて、森田はなんらかの決意をした上で来るような気がしていた。

ドライブしよう、というのは、話をしよう、という意味だ。

パーキングに入って来たコンパクトカーの助手席に滑り込み、目が合った瞬間、キスしたい、という強烈な欲求に突き動かされそうになって、碧はやっとそのことに思い至った。

碧の部屋で二人きりになったら他のことなどどうでもよくなる。かといって人目のあるところでは碧が落ち着かない。

「どうしたの、この車」

胃のあたりがきゅっと痛くなったが、碧は努めて平静を装った。

「どうしたって、シェアカー借りた。どこ行きたい？」

碧がシートベルトをするのを待って、森田がゆっくり車を出した。

「どこでも」

「じゃあ適当に走るか」

森田は運転が上手かった。狭い一通路地をすいすい流し、滑らかに大通りに合流した。

「どうしてたの、最近」

緊張しているのを隠してできるだけさりげなく切り出すと、森田は前を向いたまま「碧のことを考えてた」と答えた。どきりとした。

「碧のことばっかり考えてた」

一瞬強い目で碧を見つめ、すぐまた前を向いた。

「好きだけど、どうせだめになるんだろうなって。だめになる理由なんか死ぬほどあるし、俺だってこれでけっこう女の子にモテんだよ。でもどうしても碧のことしか考えらんなくて…俺こんな同じことぐるぐる悩むの初めてで、ほんと、嫌になった」

最後のほうは苦笑いになり、森田は一度言葉を切った。

「俺はやっぱり碧が好きだ」

前を向いたまま、森田が言い切った。

「どうしても好きだ」

隣の車線を大型トレーラーが追い抜いていった。森田の髪がオレンジに光っている。

碧はただぼんやりと森田を眺めていた。

どうして彼は、こんなにも自分を惹きつけるんだろう。

「碧が俺とつき合ってるの隠すの、本当は嫌だった。頭ではわかってるのに、こんくらいいいだろ、なんでだよって、いつもイラついてた」

「ごめん…」

でもそこは譲(ゆず)れない。

どうお願いしたらいいのか、わかってもらえるのか、必死で言葉を探していると、信号で引っ掛かり、森田がこっちを向いた。

「碧のSNS、ずっと見てた。急にいろいろポストしてたから、もしかして俺に話しかけてくれてんのかなとか思って」

「そうだよ。拓斗にまだ好きだよって、別れたくないよって伝えたくて、いろいろ回りくどいことポストしてた。そしたら、今までちゃんと見てなかったものが見えてきて」

「『こでまり』とか『なつき』とか」

「え?」

「他にもいるけど、一番碧を応援してくれてるよな、あの二人」

ずっと前から応援してくれているらしい二人のアカウントを、森田も認識していた。

「他の人もみんな感じよくてさ、碧にはいいファンがついてんだなって思った」

「──うん」

「大事にしないとだよな」

「うん」

森田がふっと息をついた。

「だから、もういい。碧と俺のことは二人だけがわかってりゃいい」

暗い車内で、森田の瞳が碧をとらえている。

こみあげてくる涙を、もうこらえることができなかった。

「ごめん」

ぽろぽろ涙がこぼれ、慌てて手で拭った。

「本当にごめん」

「謝んなよ」

森田が手を伸ばしてダッシュボードにあったティシュを手渡してくれた。

「俺が碧を諦められないんだ」

森田がいろいろなことを吹っ切ってくれたのがわかった。

「おれも拓斗のこと諦められない」

信号が変わって首都高のジャンクションが見えて来た。なかなか涙が止まらなくて困った。

「車はいいよな。人目気になんねえだろ」

「うん。へへ」

考えてみれば、これが初めての外デートだ。

夜の首都高は空いていて、あっという間に光る湾岸線に出た。

「――きれいだ！」

さっきまで泣いていたのに夜景に歓声をあげると、森田が声を出して笑った。

「なんか、映画の中みたい」

「ロードムービー？」

「そうそう」

ハンドルを握ったまま、森田が片手で碧の手を握った。碧も握り返した。

本当に心がつながり合ったのを感じた。

窓を開けて夜風を楽しみ、音楽を流して一緒に歌った。輝く工場群を眺めてからトラックだらけのサービスエリアで自販機のカップラーメンを食べて、展望台でコーヒーを飲んで、またゆっくり都内に戻った。

信じられないくらい楽しくて、碧はずっと笑っていた。

「うち寄ってくれるよね」

触れ合いたい。キスがしたい。

「今日は泊まって。お願い」

そして今日は、今までしていなかったこともしたい。

一緒に部屋に入ってキスをすると、もう止まらなくなった。

服を脱ぎ散らしながら一緒に浴室に入り、熱いシャワーを浴びた。

「拓斗、かっこいい…」

碧は少し身体を引いて、惚れ惚れと恋人を眺めた。

美形など掃いて捨てるほどいる業界で、碧もトレーナーをつけてボディラインを整えている。が、森田のごく自然についた筋肉はそんなものとはまったく種類が違っていた。

日焼けした肌は腕も腿もくっきり肌の色が違い、手入れなどなにもしていない粗野な裸体にどうしようもなく興奮する。

「口で、していい？」

もうすっかり臨戦態勢になっているのを目にすると、勝手に口の中に唾液が溜まった。水流をミストに変えて、どきどきしながら床にひざをついた。

「――」

先端に口づけ、ゆっくりと深く含む。引き締まった腹にミストの水滴が流れ落ちる。

「ふ…っ、――」

森田が壁によりかかり、碧の髪に指を入れた。舌を使い、強弱をつけて吸う。

今まで関係を持ったのは二人だけで、それも短い間の付き合いだった。経験豊富というわけではない。

それでも歯を当てないようにうまく唇を使い、舌を尖らせて好きなところを探り当て、好きな人を悦ばせることはできた。森田が息を弾ませている。感じてくれているんだ、と碧も夢中になった。

もっと感じてほしい。もっと気持ちよくなってほしい。

口の中で脈打っている恋人が愛おしくてたまらない。

「は、――っ、……」

だんだん森田の好きなところ、好きな刺激がわかってきた。強弱をつけて指と唇でこすり、敏感な裏筋をねっとりと舐めると、腿のあたりがびくっと動いた。

「碧、——もういい」

声が焦っていて、碧は素直に口を離した。ミストが柔らかく降ってくる。

「碧」

熱っぽい声で名前を呼ばれて顔を上げると、腕を取られた。

「碧——」

髪から雫が落ちて、首筋に流れていく。

「好き、…すき拓斗」

「俺もだ」

頬を両手で包まれ、口づけられた。さっきまで舐めたり吸ったりしていた舌を、今度は彼にからめとられる。

「——、ふ、……っ、——」

恋の熱にやられて頭が麻痺している。

熱烈なキスにぼうっとしたまま浴室から出て、ばたばた身体を拭い、もつれるように寝室に入った。

「拓斗、——好き、好き」

覆いかぶさってくる充実した身体を受け止め、全身でしがみついた。

「碧」

「キスして、拓斗」

どうしようもなく彼のキスに弱い。吐息が触れ、唇が重なるとぞくっとして身体中から力が抜けた。

「碧、——」

空調は自動センサーで入るので、寝室の空気はひんやりしていた。でも暑い。ドアが開けっ放しになっていて、リビングからの明かりで彼の顔はよく見えた。

眉を寄せ、痛みをこらえるような表情でまっすぐこっちを見下ろしている。手を伸ばして頬に触れた。好きでたまらない。

「拓斗、拓斗……」

耳から首筋、鎖骨、と唇が辿っていく。心臓が破裂しそうだ。

「あ……ァ、——」

乳首に舌が触れて、痺れるような快感が全身に広がった。

「舐めて、もっと、——あ、…」

片方を指の腹で撫でられ、もう片方を舐められ、吸われる。

「んっ、ん、あ、——いい、……」

彼の興奮も伝わって、それがさらに陶酔を誘った。密着した肌、汗の匂い、手で彼の勃起を探り、その力強さに欲情した。欲しい。

まだ彼とは一度もしていない行為を今からする。

身体の芯が疼きだした。

「——拓斗、拓斗、好き、……すき…」

奥を思い切り抉ってほしい。そこでの快楽は知っている。

好きな男にそうされたらどれだけ気持ちがいいか、想像するだけで身体が火照った。固く尖った乳首を気に入った、というように弄っていた手が、ごく自然に下りていく。期待で喉が鳴った。

「あっ、あ…」

指が試すように中に入ってくる。

「——ん、…」

勝手に足が開いて、腰が浮き上がった。指を大喜びで受け入れて、してほしいことを、あからさまに身体が訴えた。

「痛くない?」

しばらくしていないから、すんなりとはいかない。

「ジェル使って」

ベッドサイドのテーブルからパウチを出すと、自分で封を切って彼の手の平にジェルを垂ら

した。

「ここに入れられるの、好きなんだ…」

半身を起こした森田の膝をまたぐようにして、碧は正直に言った。

「ぐちゃぐちゃにして…」

森田の肩に顔をくっつけて、彼の手をとって導いた。今さら取り繕う気にもならない。森田が息を止める気配がした。触れていた彼がさらに力を増し、碧は腰を上げて自分で指を飲み込んだ。

「拓斗が入るように、ここ、広げて」

遠慮がちだった指が試すように奥で曲がった。

「——」

久しぶりの甘い感覚に、碧はぎゅっと目をつぶった。

「平気か…?」

「うん、…ずっと、ここ使ってなかった、から、…あ、——拓斗にされてる…これ、拓斗の指だ、あ、ぅ……」

感じている顔を見られるのは恥ずかしい。でも彼が興奮してくれるのは嬉しい。森田の呼吸が早くなり、指の動きが徐々に大胆になった。

「あ、ァ……ッ」

中の、一番敏感なところに指が触れた。電流のような感覚に碧は森田の肩にすがった。

「碧？」

「そこ、そこ…触ったら、あ、ァ…」

「碧、――」

勝手に腰が揺れる。あ、と思ったときには森田に押し倒されていた。

「碧、碧――」

大きく両足を開かされ、碧は自分で角度を合わせた。

「は……っ」

粘膜（ねんまく）が広がり、先端を飲み込んだ。

「――あ、……っ」

入ってくる。

余裕なく押し入ってくる力強さに圧倒され、碧は必死で恋人の肩にすがった。

「あ、――」

いっぱいに呑み込まされる。

「は……っ、あ、すご……い、…」

一気に奥まで突き入れられて、自分が射精してしまったことにすぐには気づかなかった。

「は、あ…っ、はあ、…」

ぐちゅ、という生々しい音と腹のあたりに垂れてくる感触に、少し遅れて射精の快感が追いかけてきた。

「碧?」

「ごめ、…」

入れられた瞬間に達してしまった。

気が付いて、かあっと全身が茹(ゆだ)った。恥ずかしいのに、恥ずかしいのにも感じてしまって、頭の中がぐらぐらする。

「いった?」

森田の声が興奮していて、碧はどうしようもなくうなずいた。

「我慢できなかった、ごめん」

泣きそうになりながら謝ると、森田の眸に熱がこもった。

「やばいな、碧めちゃくちゃ可愛い……」

「え、——え…?」

森田の大きな手が碧の手を探してぎゅっと握った。額(ひたい)や頬に口づけられる。

「俺も無理だ、——我慢できねえ」

「あ、……っ」

碧、と熱を帯びた声が耳を打ち、いきなりスパートをかけられた。

「あっ、あっ、あ……っ」

揺すぶられ、激しく貪られて、碧はついていくので精一杯だった。身体も心もぜんぶ彼でいっぱいにされている。

「はあっ、は……っ、はあ、あ……っは、はあ……」

徐々にまた身体が快感を拾い始めた。いいところを擦られて、高みに連れて行かれる。たまらない。

「あ、…ん、気持ちい……そこ、いい、い……」

「碧」

「え、…っ」

忘我に陥りそうになった碧の頬を、森田が軽く叩いた。

「碧、こっち見て」

「ん」

頭に霞がかかったように、気持ちいいとしか感じられない。きっととろんとした目をしている。

「俺見て、碧」

「ん、…ん…っ？」

「気持ちいい？」

「いい、いい」

「今、誰に気持ちよくされてるかわかってる?」

「……拓斗…」

気持ちよすぎて目を開けていられない。碧は恋人の腰に足を巻き付けた。

「拓斗が入ってる、拓斗に気持ちよくされてる、…も、いく……、いきそう、……」

指を絡めるようにして握られていた手に、力がこもった。

「碧」

甘ったるい声に、脳がだめになった。

「拓斗」

自分でも腰を揺すって、ひたすら快感に溺(おぼ)れた。

「碧、――碧」

森田の呼吸が荒くなり、自制が利かない、というように動きが激しくなった。夢中になってくれている。

「あっ――、あ、あ……」

強く揺すぶられ、苦しいのに、苦しいのがいい。

強い快感が一点に絞(しぼ)られて行く。頭の奥が白く光った。

「――」

痛いほど手を握られ、森田が全部の動きを止めた。

「──は、……」

中で大きく脈動するのに合わせて、碧も高みに上り詰めた。

「はあっ、は…っ……」

汗ばんだ大きな身体がかぶさってきて、碧は必死で息をしながら受け止めた。

「──碧」

汗の匂いと激しい呼吸、密着した肌が熱い。

「碧……」

快感の余韻(よいん)の中、しばらくただ呼吸するしかできなかった。森田がずるっと横に転がった。

「あ」

恋人が出ていく感覚に、また背中がぞくっとした。

仰向(あおむ)けになった森田の逞(たくま)しい胸が上下している。碧もまだ呼吸がおさまらず、はあはあ息をしながら、ひたすら恋人を見つめた。

「ごめんな、俺、中に…」

ややして森田が目を開けて、申し訳なさそうに謝った。碧は首を振った。ねだったのは自分だ。

「すごい、よかった……」

どうにか声を出して彼の腕に触れると、森田はわずかに目を見開き、面映ゆそうに微笑んだ。

「碧」

「ん」

仰向けになって抱き寄せてもらい、碧は遠慮なく肩のあたりに頭を乗せた。

「あとで、一緒にお風呂入ろ」

「うん…」

「いや?」

「嫌じゃないけど、またなんかしたくなりそうだな」

困ったように言うのがおかしくて、くすっと笑った。

「絶対なるね」

でもちょっとでも離れたくない。恋で満たされきっていて、碧は夢見心地で恋人の首に頭をこすりつけた。

「触ったらだめだって」

まだ完全に力を失っていない彼を手で包むと、慌てたように手を離させられた。

「拓斗の、すごいね」

「誰と比べてんの」

「二人しか知らないけど」

後始末をしないと、と思いながらまぶたが重くなってきた。

「黒木レノンって知ってる？」

「聞いたことあるような。…ああ、モデルの？」

「そう。黒木君と半年くらいつき合ってた。そのあと他の事務所のスタッフとも少しだけ…」

二人ともあっさりとしたつき合いで、今でも懐かしい記憶しかない。

「和久さん事務所辞めちゃったし、黒木君も今どうしてるのかな…」

メンズモデルブームが下火になったあたりでアパレルブランドを立ち上げたりしていたが、その後名前を聞かなくなった。

「え」

いきなり口をきゅっとひねられた。

「な、なに？」

びっくりして顔を上げると、森田が軽く睨んできた。

「碧も俺の初めての女の話聞きたい？」

そこでやっと意味を悟った。

「…ごめん、聞きたくない…」

森田がふっと笑った。

「モデルなんかと比べられたらさすがに自信なくすって」

森田らしくない発言に、碧はびっくりした。

「なんで？　拓斗のほうがカッコいいよ」

「それはねえだろ」

森田が噴き出して、碧はムキになって首を振った。

「拓斗はぱっと見たときから違うって思った。目が離せなくなったっていうか、存在感がすごいっていうか」

「そんなこと言うの、碧くらいだ」

「久坂さんだって拓斗のこといきなりスカウトしてたじゃん」

「たまたまだろ」

「たまたまっていうのが凄いのに」

「ねえよ」

「あるって」

魅力的な男など見飽きるほど見ているはずなのに、森田を目にした瞬間、碧は心をつかまれた。

「久坂さんにキャップとってみて、って言われて拓斗がぱっとキャップとって、で、あっ、て思った」

「もしかして、碧、俺に一目惚れしたんじゃねえの？」

「一目惚れ……？」

森田は冗談のつもりだったらしい。でも碧は深く納得した。

「そうか、おれ拓斗に一目惚れしたんだ」

「変わってんなあ、碧」

森田がつくづく感心したように碧を見やった。

「拓斗、大好き」

「うん」

少し照れくさそうにキスしてもらって、碧は深く満足した。

8

あ、「サク」がいる。

待ち合わせの駐車場で、首からカメラを提げた男を見て碧はまずそう思った。

大学の卒業記念に今までのニコンを手放し、金を足してコレ買いました、と新しいカメラをSNSにアップしていた「サク」は、にこにこした童顔の男だった。SNSで見ていた印象より小柄だ。

「こんちは」

「ども」

「初めまして」

サクの隣に並んでいた男女何人かにばらばらと挨拶(あいさつ)されて、今度は「干しミカン」と「YD21」を探し当て、SNSで見た記憶の中の二人と比べて「本物だ！」と興奮した。当然ながら見ていた通りだ。

「いやー絶好のバーベキュー日和(びより)だな」

サクがさっそく空に向かってシャッターを切った。キャンプ場の広い駐車場は、同じような集団があちこちで車から道具を下ろしている。昨夜(ゆうべ)の雨はすっかり上がり、今日は朝から気持ちのいい晴天だ。雨上がりの新緑が目に沁(し)みるほど瑞々(みずみず)しく光っている。

大学のときの仲いい連中とバーベキューするから碧も来る？　と誘われたのは、ゴールデンウィークも終わった五月の中旬だった。

「来週、碧もオフだったよな？」

「おれも行っていいの？」

森田(もりた)と恋人同士になってから、あっという間に半年以上が過ぎていた。

外向きには「映画で一緒になったのが縁で仲良くなった友達」という位置づけで通し、すっかり関係は安定していた。

森田は大学を卒業し、企業向け金属メーカーの営業職として働き始めた。

初めてスーツ姿を見たときは本気でかっこいい、と見惚れてしまった。名刺は大事にパスケースに入れている。

碧はスピンオフ配信ドラマで主演を張った「当て馬王子は挫けない」が予想外のヒットになり、来季の冬ドラマで続編が検討されていた。まだどちらに転ぶかわからないのでぬか喜びにならないよう、あまり期待しないようにしているが、安土はやたらと喜んでくれたし、ラジオの真理・波田コンビは「碧君初主演祝い」のプレートのついたケーキを差し入れしてくれた。

森田はドラマランドというネットサイトに「中原碧応援メッセージ」がないか毎日チェックしては碧に報告してくる。

「『こでまり』、めちゃ喜んでるよ。『なつき』は布教しまくってるな」

きっと否定的な意見も山ほど来ているはずだが、森田フィルターでいい意見だけ選別してくれる。

「会社の同期がドラマ好きみたいで、こないだの飲み会で碧の名前出してきたからちょっと焦った」

「え、ほんと?」

「カッコ可愛いって」

今までぱっとしなかった「中原碧」が多少注目されるようになり、それまで以上に「友達」のスタンスを強化しようと確認しあった。

「外では絶対くっつかない、目で愛を伝えない、好きを溢れさせない、以上順守でお願いします」

「了解です」

「よし、じゃあ行こうか」

仲良くしていること自体を隠すと、それはそれで一緒にいるところを見られたときに不審に思われるかもしれない、ということで、お互い身近な人には「気が合う友達」と紹介し、たまには一緒に買い物に行ったり食事したりを楽しんでいた。

出かける前にはかならず「友達三か条」を復唱する。今日も碧のマンションを出発するときに確認し合った。

「初めまして、中原です」

少しだけ緊張して、碧は精一杯の親しみやすい笑顔を浮かべた。隣で森田が「本日のスペシャルゲストね」と軽く言葉を添えた。

「おぉ」

「本物」

改めて、というようにみんなが声を洩らし、碧は「よろしくお願いします」と頭を下げた。

「むーん、モリタクに驚かされるのにはもはや驚かないが」

「それどっちよ」

みんなが笑って、「じゃあ荷物下ろすか」と森田がまとめた。

友達同士でバーベキューをするのは、碧は初めての経験だった。アウトドアブランドのPRや食レポ系のロケなどでたまにやるが、全てをスタッフがお膳立てしてくれたあとに入って、絵になる角度で飲み食いするだけのことだ。

みんなで協力しあってタープを立て、炭を起こして準備をするのが碧には物珍しく、新鮮だった。

最初のうちこそ少々気を使い合っていたが、肉が焼けてビールが行き渡るころにはすっかり「モリタクの連れ」という扱いで、碧もリラックスしてバーベキューを楽しんだ。

「碧君、SNSに写真あげたらまずいよね？」

写真係のサクがデータをチェックしながら訊いた。

「そりゃダメだろ」

「やめとけやめとけ。碧君はプロだぞ」

いつの間にか碧はみんなに「碧君」と呼ばれていて、それもひそかに嬉しかった。

「別に大丈夫ですよ。リアルタイム投稿だけ避けてもらえたら」

大勢でバーベキューを楽しんでいるのを隠さなければならない理由はない。

「え、いいの？」

「ほんとに？」

「いいですよ。おれそんな有名人ってわけじゃないしね」

「いやいや、テレビで見たことある人が目の前にいるのってなんか不思議だよ」

「ねえ」

碧のほうもそれは同じだ。「サク」「干しミカン」「YD21」に「おれもいつもSNSで見てました」とこっそり心の中で話しかけた。彼らのSNSを覗いては普通の学生生活を追体験(ついたいけん)していたので、こんなふうに仲間に入れてもらえたのが改めて嬉しかった。

「そういや、二人が出る映画っていつ公開だっけ?」

肉を食べ尽くし、そろそろ締めのやきそばでも、と鉄板を出してきたところでサクが思い出したように訊いた。

「八月だったか?」

森田が自信なさそうに碧のほうを向いて、うろ覚えかよ、とみんなに笑われている。

「八月の第一週からです。試写は来月」

「そうなん」

「連絡来てない?」

「あー、なんかメール来てたな」

いよいよだな、と碧は試写のお知らせをもらったときからわくわくしていたが、森田のほうは相変わらずのテンションだ。

じゃあ盆休みにみんなで見に行こう、と盛り上がり、また会おう、と約束し合った。

「楽しかったなあ」

帰りの車の中で、碧は何度も繰り返した。途中で温泉にも寄ったのですっかり遅くなってしまい、ビルとビルの間から星が見え始めている。

「明日も晴れるといいけどな」

森田があくびまじりに言った。

「なんかあるの？」

「商談会。会社の敷地でやるからさ。明日の天気どんなか見てくんない？」

「ちょっと待ってな。最近スマホ調子悪くて」

バッテリーの持ちも悪いので、そろそろ替え時かもしれない。

「おれさ、スマホの機種変って自分でしたことないんだ」

反応の悪いスマホに閉口しながら、碧はふと最近気になっていたことを口にした。

「それだけじゃなくて、パスポート取るとか免許の更新とか、ああいう手続き的なのもぜんぶ事務所のスタッフか安士さんが段取り整えてくれるの。今日もみんなでバーベキューの準備したじゃん？　食材切ったり炭起こしたり、今までスタッフさんにぜんぶセッティングしてもらってたなあとか。まあバーベキューは仕事だったからあれだけど、基本的におれはなんでも人任せなんだよ。ずっと大人に囲まれてたからぼーっとしてたけど、おれだってとっくにいい年になってんだなってやっと気が付いたっていうか。今日も、おれってみんなに比べたらだいぶ世間知らずだなって思った」

「え、逆だろ？　碧はずっと仕事してて、俺たちみんな社会人なりたてのひよこだぞ？」

「ひよこって」

　体格のいい森田の「ひよこ」発言に笑いながら、碧は運転している彼を見やった。碧も一応運転できるが、子どものころからの習慣で、送迎してもらうのが当たり前になっている。

「いつも拓斗に運転してもらってるし」

「これは俺が好きだからやってるだけ」

「けどスマホの機種変くらい自分でやらないとだし、家もそのうち自分で借りたいな」

　森田は就職して、会社近くのマンションに引っ越しをした。一度遊びに行って、自分が親の持ち物件に住んでいることに引け目を感じた。

「碧は俺たちよりよっぽど早く独立してんじゃん」

　考え込んだ碧に、森田がくすっと笑った。

「え、そうかな？」

「頼るとこと自立するとこの順番がちょっと違うだけだろ」

　森田の考え方はいつもシンプルだ。

「自分でしたいなら、そうすりゃいいじゃん。スマホの機種変と、家借りるのと、他になにやりたいの」

「え？」

突然訊かれて、碧は首を傾(かし)げた。

「なんだろ。新しい歯医者の予約自分でちゃんと入れるとか、クリーニング契約の更新やるとか…？」

「なんだそれ」

森田がおかしそうに笑った。

「もっと楽しいやつないの？　それかもうちょっとロマンチックなやつ」

「ロマンチックなやつ？」

彼としたいことならいくらでもある。

「拓斗と一緒に、夜明けの海を見に行きたい」

「それいいな」

思いついたままを口にすると、森田が軽く応じた。

「いつがいい？」

急に胸がいっぱいになった。

好きな人と、心が通じ合っている。

奇跡みたいだ。

「次にオフ重なったとき」

「よし、そんじゃ行こうぜ」

恋は本当にスペシャルだ。

9

試写室がゆっくりと明るくなった。

自然発生的に拍手が起き、椅子に浅くかけて涙をこらえていた碧も強く手を叩いた。

隣の森田も拍手している。

冒頭のピアノの音楽に『夕暮れに月』とタイトルが浮かんだ瞬間から惹き込まれた。もともと好きなテイストだが、今回は脚本を読んだときからいつもとは違う覚悟で臨んでいるのだと感じていた。

詩的な空気はそのままで、エンタメ要素も加わって、見る人に向かって開かれている。久坂の作品を「面白くなくもない」と評していた森田も、二時間近く集中していた。スクリーンに自分たちがいる、という事実ももちろんあるだろうが、それ以上に作品そのものに惹きつけられているのがわかった。

「いや、よかったね」

前の席で見ていた安土が振り向いた。

「これはいけるんじゃない？」

「ですよね」

周囲の空気にも熱がある。

安土が「事務所から電話しろって緊急来てる、なんだろ」と外に出て行ったので、碧は森田と二人で久坂のところへ挨拶に行った。

「久坂さん」

「ああ中原君、久しぶり。森田君も来てくれたんだね」

久坂は関係者に囲まれていたが、碧と森田に気づいて笑顔を浮かべた。

「本当にお久しぶりです」

「どうだった？」

久坂が期待した顔で訊いた。

「素晴らしかったです」

「面白かった」

碧が湧き出る感動を伝えようと言葉を探していると、森田が半分独り言のように言った。

「そう？　面白かった？」

久坂が目を丸くし、それから破顔した。

「森田君に面白かったって言ってもらえたら成功だな。ありがとう」

碧はため息をついた。

「ずるいなあ、おれいっぱい感動したことお伝えしようと思ってたのに、どう言葉尽くしても、きっと森田の『面白かった』には負けるんですよね」

「あはは、ごめん」

「でも結局おれも『素晴らしかった』以上の感想ないんです」

「嬉しいよ」

久坂が微笑(ほほえ)んだ。

「みんなのおかげで納得のいく作品が作れた。森田君は残念だけど、中原君とはまた一緒に仕事できる機会があればいいね」

「ありがとうございます。声かけていただけるように頑張ります」

「舞台挨拶は二人とも来てもらえるんだよね?」

「もちろんです」

そのまま撮影時のあれこれを話していると、碧、と妙に切迫した声がした。

「すみません、お話し中に」

安土が早足で近づいてきて、久坂に慌ただしく挨拶してから「緊急事態だ」と耳打ちしてきた。

「え？」

「すぐ事務所行くから用意して」

「なに？　なんで？」

「いいから早く」

いつになく声が固く、顔つきも厳しい。

「森田君、悪いけどここで。久坂さん、失礼します」

なにがなんだかわからないまま、碧は安土に押し込まれるようにタクシーに乗せられた。

「いったい何なの？」

「まずいことになった」

短い言葉に、どきっとした。安土は森田との仲を知っていて見逃してくれている。誰かにばれたのか、と目で尋ねると、小さく首を振った。

「彼じゃない。昔のほう」

「昔？」

安土が口の前に指を立て、運転手のほうに目配せした。スマホになにか打ち込んでいると思ったら碧のスマホが着信した。安土からのトークが届いている。

『黒木レノン』

「えっ？」

思いもよらない名前に驚いた。

安土がため息をついてまたスマホに打ち込んだ。

『芸能記者から事務所に確認がきてるんだと。来週発売の雑誌スクープで、黒木レノンが今会社経営の男の愛人やってて、過去には沢木流(さわきりゅう)とか相本和樹(あいもとかずき)とも関係持ってたってしゃべってるらしい。その黒木が寝たタレントの名前の中に碧が入ってるってマネ部長が慌ててる』

すぐには事態が呑み込めず、安土のトークを二回読んだ。

『とにかく事務所連れて来いって言われてる。俺もまだなにもわかってないけど、正直に話すしかない』

ようやく事情が理解でき、心臓がばくばくし始めた。

黒木と関係を持っていたのはもう四年も前のことだ。

なにも知らなかった碧にとって、彼は理想的な初めての相手だった。安全な行為の手順、人目を避ける方法、みんな彼から教わった。恋愛感情はなかったが、似合う髪型のアドバイスをもらったり、ちょっとしたプレゼントを贈り合ったりして、それなりにいい関係を築いていた。

自暴自棄(じぼうじき)になっているのかもしれないが、かつての彼を知っているだけに、あの黒木君がどうして、と信じられない気持ちでいっぱいだった。

事務所に着くと、会議室にはマネージメント部長と社員数人が待機していた。

「遅いぞ」

「何してたんだ」

「すみません。試写で電源切ってまして、遅くなりました」

会議室に入るなり厳しい声が飛んで、足がすくんだ。安土が碧の前に立って頭を下げた。

「碧君、安土から事情は聞いてるね？」

マネージメント部長と直接言葉を交わすことなどほとんどない。苛立った声に、碧はうつむいてうなずいた。座れとも言われず、安土と碧は立ったままで社員たちに対峙した。

「あのね、正直に話してほしいんだけど、黒木の言い分、これ否定して大丈夫？」

社員の一人がタブレットをとんとん指で叩きながら訊いた。

「えっ？」

「客観的な証拠っていうのかな、やりとりしたメールとか音声とか写真とか、そういうの残ってる？」

「残ってたとして、捏造で突っぱねられそう？」

部長以外の社員の顔はうろ覚えだ。ねちこい物言いの社員の隣で、もう一人が妙に猫撫で声を出した。

「突っぱねるしかないってさっきから言ってるだろう！」

部長の怒声に、社員たちが口をつぐんだ。

「ご夫婦、今年入って何本ＣＭ抱えてると思ってるんだ」

ご夫婦、というのは碧の両親の事務所内での呼び方だ。一番の稼ぎ頭で、それもCMの収入が大半なことは誰でも知っている。古き良き理想の夫婦の息子がゲイでした、ではイメージが悪すぎる。契約更新に不利だ。

部長ははっきり口にはしなかったが、碧にはそう聞こえた。

「中原はむやみなことはしません」

安土がかばうように口を挟んだ。

「どうなの、碧君」

猫撫で声の社員に訊かれて、碧は拳をぎゅっと握った。手が震えているのを見られたくない。

「黒木君と親しくしてたのは五年も前で、もうなにも残ってなくて…」

「ないんだね?」

「はい」

黒木のほうでなにか残しているかもしれないが、つき合っていた期間の彼の慎重さを考えると、その可能性は低い。

「それじゃ碧君はもし誰かになにか訊かれてもよくわかりません、知りません、で通してくれる?」

はい、と返事するしかない。

もし碧が「ご夫婦」の息子でなければこんなに穏便に対処してもらえていないだろう。部長

は苛立ちを隠せていないが、それでも碧に向かってそれをぶつけることはこらえている。

「じゃあ碧君はもういいよ。あ、スマホはこちらで預かっとこうね」

部長の隣にいたねちこい物言いの社員が立ち上がって、碧に向かって手を差し出した。

「えっ？」

「念のためにね。誰かが直接碧君に接触してくるかもしれないし。そのほうが碧君も安心でしょう」

いきなり言われて反論できず、スマホを取り上げられた。

「それじゃちょっとこれから打ち合わせして、安土はあとから行くから。碧君はご実家で待機して」

「え、実家ですか？」

びっくりしたが、最初からそういう手筈になっていたのだとすぐ悟った。

「駐車場に車待たせてるから」

芸能マスコミは妻子のある沢木や他のネームバリューのあるタレントにまず群がるはずだ。火の粉が降りかかる確率と対策を協議するのに碧自身は邪魔だ、とばかりにタクシーで実家に帰された。

いきなりの出来事に連続で横面をひっぱたかれたようなショックを受け、碧は唯々諾々とタクシーに乗せられた。

森田と連絡がとれない。

呆然としていて、実家に着いてタクシーを降りてからそのことに気が付いた。きっと心配してくれているはずだ。

なんで、と今さら怒りがこみあげ、次に無力感に襲われた。

いつも人任せにしていたから、こんなときにどうしていいのかわからず言いなりになってしまった。情けない。

「お帰りなさい、碧」

実家もプライバシー保護を重視していて、巨大なブロックを積み上げたような外観で、エントランスは人を拒むようなシャッター状の扉がついている。暗証番号を打ち込んでからインターフォンを鳴らすと、すぐ母親の声が応答して電子錠が開いた。

今朝、自分のマンションを出たときにはこんなことになるとは思ってもみなかった。久しぶりの実家は広すぎて、そしてよそよそしい。

「ごめん、迷惑かけて」

「母さんはいいのよ」

久しぶりの母親は、相変わらず若々しかった。髪をゆったりと巻き上げて、ホームウェアにしているワンピースを着ている。化粧などしていないはずなのに、まだせいぜい四十代くらいにしか見えなかった。世間のイメージではたおやかで芯のしっかりした女性だが、実際も自己主張のあまり強くない人だ。姉は比較的我が強いが、母親は人の意見に従うほうが楽、というように見える。

「なにか食べる?」

試写のあと、安土が森田も一緒に食事に連れて行ってくれることになっていた。もう九時をだいぶ回っているのに空腹を感じない。

「大丈夫。ありがとう。父さんは?」

「今ね、海外ロケなの。母さんも明日から地方なんだけど、木村さんが毎日来てくれてるから」

木村さんというのは碧が実家に住んでいたときからいる通いのハウスキーパーの女性だ。猫を飼っているので、留守中も必ず来てくれる。

「急に、ほんとごめん」

「大丈夫よ。事務所から事情は聞いてるから」

子どものころから両親は留守がちで、碧はあまり親に甘えた記憶がなかった。反面叱られたりぶつかったりの記憶もなくて、今も母親は碧にどう対応していいのかわからない様子で曖昧に微笑んでいる。

「姉さんにも謝らないとだけど、おれ、スマホ取り上げられて」

「千春には母さんから連絡しとくわね」

スマホを取り上げられたことについては当然だと思っているのか触れない。

「お風呂入ったら？」

「あとで安土さんが来るから、それまでちょっと部屋で休むね」

二階の自分の部屋は、家を出たときのままになっている。せめてパソコンがあったらと思うが、置いてあるのはコンパクトスピーカーとテレビだけだ。

なにもする気になれず、エアコンを入れると埃っぽいベッドに転がった。

雑誌の発売は来週だというが、たぶんネットにはもう少し早く情報が流れるだろう。黒木レノンの名前は、まだ人の耳目を引きつけるだけの力がある。一時は彼の名前をつけたコラボ商品がアパレルショップに溢れていたし、「レノン」は美形男性の代名詞だった。その後の凋落と会社経営者の男の愛人をしている、という現在の状況は、きっと面白おかしく消費されるだろう。

落ち着いて考えれば、彼が過去の情事を暴露した気持ちが、ほんの少しわかる気がした。メンズモデルブームが終わった途端、メディアも業界も彼に冷淡になったはずだ。そのくせ今度は勝手にプライベートを暴いて小銭を稼ごうという態度にうんざりし、どうせなら今も芸能界でうまくやっている連中にも煮え湯を飲ませてやろうと考えても別に不思議はない。

「今はさ、他にこれといった話題がないんだよね」

しばらくして、疲れた顔の安土がやってきた。

「沢木流が結婚したのと黒木君がつき合ってた時期がかぶってるってそっちでも騒いでるから

しばらく鎮火しなさそう」

「でも、それなら碧のことにはあんまり触れられないかもしれないわね？」

母親が飲み物を出しながら期待した声で訊いた。安土は渋い表情になった。

「それが、タイミングが悪いといいますか、中原君はこのところ露出が増えてたんですよね。この前の配信ドラマが当たって、来月には久坂さんの新作が公開されて、こちらも力入れてプッシュしてましたし。それに、こっちのほうが大きいんですが、イメージ的にインパクトがあるんです。沢木流とか相本和樹は遊び人でそういう噂もあったりして、やっぱり、みたいな感じがあるじゃないですか。でも中原君は優等生でちょっと奥手で、って印象なんで黒木とつき合ってたとしたら意外性が大きくて」

「緒方さんはなんて？」

「社長はまだなにも。今回のことは今のところ並木部長が対応していて、完全否定でやり過ごす、もしものときは名誉棄損でつっぱねるという方針のようです。中原君はとにかく芸能マスコミから隔離しておけって厳命されました」

他にもタレントを抱えている安土の忙しさは碧もよく知っている。

「しばらく碧の専属でしっかり見張れって言われちゃったよ」

「ごめん」

碧がうなだれると、安土はアイスコーヒーを一口飲んで首を振った。

「ま、俺もしばらく忙しかったし、他のタレントはお願いできるみたいだから、のんびりできるって思うことにするよ」

「ごめんなさいね、安士さん」

「いえ。奥様にもご心配おかけします、と並木部長から伝言です」

「こちらこそ、緒方さんにもくれぐれもよろしくお伝えくださいね」

自分のことなのに、頭の上でなにもかもが決まっていく。

そして誰も碧に真偽を確認したりはしなかった。

安士は「それじゃ」と腰を上げた。

「明日からぜんぶ同行するようにって言われてるから、九時に迎えに来るよ。スケジュールわかってるよね」

「スマホにリマインダー入れてるけど、おれ、スマホない」

「そうだった」

安士がため息をついた。

「取り上げるとか、さすがにやりすぎだよねえ」

「新しいの買ってもいいかな」

「ちょっとのことでしょ、わがまま言わないで」

安士が困った顔になり、母親にたしなめられて、それ以上食い下がれなかった。

拓斗に連絡とりたい。

声を聞きたい。

試写室で別れたのはほんの数時間前のことなのに、ずっと前のことのような錯覚を覚えた。

もしこれきり会えなくなったらどうしよう。

想像しそうになって、碧はぶるっと首を振った。あり得ない。

こういうとき、拓斗ならどうするだろう。彼のことを思い浮かべるだけで、どうしようもなく落ち込んでいた気分が少しだけ浮上した。

「……よし、寝よ」

碧はできるだけ楽観的になることに決めた。

拓斗ならきっとそうする。

ぜったいに大丈夫だ。

10

碧(あお)がスマホを取り上げられて一週間がたった。

強制的に実家に帰らされているのでパソコンにも触れない。

ネットがないとこんなにも情報から遮断(しゃだん)されてしまうのか、と碧は改めて愕然(がくぜん)としていた。

いきなり音信不通になってしまった碧に、森田が心配しているだろう。それが一番の気がかりだった。土日を挟んだので家に来てくれたかもしれない。

次のオフには自分で契約するつもりでいるが、きっと普通の人ならとっくに新しいスマホを手に入れているんだろうな、と思うと自分が情けなかった。常に安土が同行していることもあって、隙間時間に手続きを済ませられる自信がない。

ただ、ネットに触れていないと精神的に安定するのも確かだった。強い言葉での中傷や個人攻撃は、ネットを遮断してしまえば届かない。

雑誌が発売され、テレビでもワイドショーはしきりに沢木流や相本和樹の名前で騒いでいた。男性同士の恋愛に「禁断の」をつけた雑誌に「古くさい」「今どき」という意見が出たり「とはいえ不倫は不倫」「イメージはどうしても壊れる」などとコメンテーターが好きなことをしゃべっているのを碧も見ていた。

「黒木レノンの交遊録」に碧の名前が入っていることについては、やはり「中原雄介と藤咲道子の息子」として言及された。

「他にもこんな名前がありますね。えーと、大竹宏、長峰健二、中原碧」

「中原君だけ、ちょっとタイプが違いますよね？」

「事務所に話を聞きに行ったところ、まったくのデタラメだってことですが」

「どうなんでしょうねえ」

碧以外は全員黒木よりかなり年上のタレントだったこと、事務所が完全否定したことで、碧についてだけは今のところどこの芸能マスコミも「保留」扱いにしていた。たぶんネットではそれなりに話題になっているはずだが、碧が普通にしていられるのはそれらを直接目にしていないからだ。その意味では事務所にスマホを取り上げられたのは悪いことばかりでもなかった。

それでも森田と連絡がとれないのは困る。

黒木は雑誌に暴露したあとは沈黙したままで、愛人をしているという会社経営者の男と海外の別荘に姿を消していた。

一度黒木と直接話をしてみたい、と碧はそんなことを考えていた。こんなことになっても黒木を悪く思えない。

とにかくすべてはスマホを手に入れてからだ。

「おはようございます」

いつものようにラジオのスタッフルームに顔を出すと、パイプ椅子に座って雑誌をめくっていた山内真理(やまうちまり)が「碧君！」と勢いよく腰を上げた。

騒ぎが起こってから初めての収録だった。

他の現場では多少居心地の悪い思いをしていたので、内心少しどきどきしていた。

それだけに、純粋に心配だけしてくれている真理の顔を見た途端、ぐっとこみあげてくるものがあった。

「おう碧君」

近くにいた波田がフラットに挨拶してきて、真理もすぐいつもの穏やかな物腰に改めた。

「今日も早いね」

「こんちはー」

他のスタッフも明らかに碧に対していつも通りに接してくれているのがわかった。

きっと大丈夫、と言い聞かせてはいたが、予想以上の思いやりに満ちた空気に、もう少しで泣いてしまいそうになった。

「だいじょーぶよ」

真理が近寄ってきて、小声で励ましてくれた。

「すみません。みなさんにもご迷惑かけてますよね」

「うーん？　ちょろちょろっと問い合わせがあったけど」

「別に、なあ」

「碧君が気にすることないって」

局に入るときに、入り口付近で明らかに芸能マスコミだろうな、という男の姿がちらちらしていた。安土がうまくかわしてくれたが、こんな経験はしたことがなかったので不安が募った。

碧は「親の七光り俳優」だと思われている。優等生ぶっている、とも評価されがちで、そのぶん今回のことでは微妙な空気があった。あとひと押しなにかがあれば、きっと一斉に叩かれ出すだろうと覚悟していた。

「タイミングがね、なんともね」

安土は決まりかけていた来年の冬ドラマの主演が一時棚上げになったことを悔しがっていた。今回の件がどの程度影響したのかはわからないが、決してゼロではないだろう。

「あれ？　安土さんは一緒じゃなかったの？」

「今事務所から電話かかってきて、外で話してます」

安土は今まで抱えていたタレントを他の人に任せていたが、アイドル系の女の子たちは「安土さんでないと嫌」「安土さんに話聞いてほしい」と訴えているらしく、しょっちゅう電話がかかってくる。

「それじゃこれ、今渡しとくね」

真理が小声で言って封筒を差し出した。

「なんですか？」

「モリタク君から」

「えっ？」

思いがけない言葉に、声が跳ね上がった。

「昨日ここに来て、必ず碧君に直接渡してくれって頼まれたの。碧君、今ちょっとごたごたしてるでしょ？　だから安土さんにも知られない方がいいかもって思って」

「あ、ありがとうございます！」

「いーのいーの。次の収録はまたゲストで来てねって頼んどいたし」

封筒は、なんの変哲もない白い角形で、表には見覚えのある字で「中原碧様」と書かれていた。裏には森田の携帯の番号だけが添えられている。

「――」

どきどきしながら封を開けると、中にはメモが一枚入っていた。

「――あの、すみません」

打ち合わせのためにスタッフが徐々に集まってきていたが、まだ全員は揃っていない。碧は椅子に荷物を置いて慌ただしく席を立った。

「ちょっと、トイレ行ってきます」

「まだ時間あるから大丈夫よー」

「すぐ戻ります！」

廊下で電話をしている安土にも「ちょっとトイレ」と耳打ちしてエレベーターホールに駆けこんだ。

――このビルの通用口の横にあるコインロッカーの5番、暗証番号は碧の誕生日メモにはそれだけが書いてあった。

一階に下り、正面玄関ではなく通用口に向かった。守衛のいる窓口を会釈（えしゃく）で通り過ぎ、重いドアを開けて外に出ると、横に自販機とコインロッカーが並んでいる。

「おれの誕生日…」

5番のロッカーに暗証番号を打ち込むと、コン、と音がしてドアが開いた。

中には緩衝材（かんしょうざい）で巻かれた携帯電話が入っていた。


『碧？』

その日の夜、恋人の声を聞いた瞬間、碧は全身から力が抜けてベッドにごろりと転がった。

「ありがとう、スマホ…」

『無事届いたんだな』

「うん。今日収録で、真理さんから手紙受け取った。すぐ連絡したかったんだけどずっと安土さんと一緒だったから、家に着くまで我慢した」

『てことは、やっぱりスマホ没収（ぼっしゅう）されてたのか？』

「うん」

没収、という言葉を聞いて、改めて理不尽さに腹が立った。まじか、と電話の向こうで森田も微妙な声を洩らした。

『スマホ調子悪そうだったし、自分で契約したことねえとか言ってたから機種変しようとして手間取ってんのかなって思ってたけど、家行ってもいねえし、なんかいろいろ揉めてるっぽい話も聞こえてくるからもしかしてって思ったんだよ。本当にそうならバレないように渡さなきゃだから一応いろいろ考えたんだけど、うまくいってよかった』

「本当にありがとう」

『大丈夫か？』

森田の声が気づかわしげになった。

「うん、拓斗と話せてるからもう大丈夫。あ、今おれ実家にいるんだ」

『いろいろ言われてるの、気にすんなよ？』

「やっぱりいろいろ言われてるんだ？　おれ、テレビしか見てないからあんまりよくわかってないんだ」

『じゃあそのままでいいよ。わざわざ見てムカつくの馬鹿らしいだろ』

森田の物言いはいつでもさっぱりと明るい。話しているとほっとする。安心で、幸せで、でもまだいろいろなわだかまりは消えない。碧はベッドの上で丸くなった。

「とりあえず、自分の公式サイトは見たんだ。あんな『お知らせ』出されてるの、おれ知らなかった」

――いつも中原碧を応援してくださってありがとうございます。現在、各種メディアで報道されております憶測は事実誤認であり、名誉棄損で訴訟を行うことも検討中です。ファンのみなさまにはご心配おかけしたことをお詫びいたします。

事実誤認、という文字を何度も見つめた。

誰も碧に「本当のことなのか」訊きもしなかった。

マネージメント部長や社員の「捏造で突っぱねられる？」「突っぱねるしかないだろう」という言葉も嫌だった。

「黒木君とつき合ってたのは本当だし、名誉棄損で訴えるとかありえない。黒木君、おれに親切にしてくれたのに」

『碧が元カレかばうのちょっと面白くないけど、まあそうだよな』

ＳＮＳのコメント欄は閉じられていたが、直前の「わたしは碧君を信じてます」「こんなのに負けないでください」というファンのコメントに泣きそうになった。ずっと応援してくれていたのに、裏切ってしまった。それを自分の言葉で謝ることさえできない。

今までなら、事務所が決めたことだから、と最初から諦めて引き下がっていたはずだ。

自分は両親や姉のおかげで優遇されていて、事務所にとってはお荷物だ。だからせめて大人しくしていよう、問題を起こすようなことは絶対にしないでいよう、と心がけていた。

やりたい仕事より事務所の都合のいい仕事を優先してきたし、そういう不満もぜんぶ飲み込んできた。

でも、それで本当によかったのか。

「おれ、ちゃんと自分で話したい。嘘つきたくないよ」

誰に対して誠実でいるべきなのか、どう行動するのが正しいのか、今まで信じていたものが揺らいでいる。

『じゃあ話せばいいじゃん』

森田の返事には力(りき)みがなかった。

いつもそうだ。

彼の言葉はシンプルで、それなのに碧の心を強く揺さぶる。

「……うん」

『したいことはするんだよ。夜明けの海も見に行くんだろ?』

「うん。…拓斗」

『なに』

「会いたい」

湧きあがってくるものに突き動かされ、碧はベッドから起き上がった。

口にしたら、我慢できなくなった。

「会いたい、拓斗。すぐ会いたい」

『まかせろ』

即答して、電話の向こうで森田が笑った。

『迎えに行くから、実家の場所教えて』

森田は本当に来てくれた。

無駄に広い実家のガレージの前で待っていると、いつも借りてくるコンパクトカーより一回り大きなＳＵＶが滑り込んできた。

「お待たせ」

運転席のウィンドウが下りて、森田がにやっとした。

「いいだろ、この車。ドライブデートだからちょいカッコいいの借りてきた」

楽しそうな森田に、碧もテンションが上がった。

「拓斗、代わって」

「ん？」

助手席側のロックが開く音がしたが、碧は運転席のほうの扉をノックした。

「今日はおれも運転する」

森はちょっと目を見開いたが、すぐ「了解」と運転席から下りて助手席に回った。

「どうせだから、遠くてもきれいな海見に行こうぜ」

どこにしようか、と相談して、ナビをセットして、星空の下出発した。

運転するのは久しぶりだ。最初は少し森田をひやひやさせたが、すぐ勘を取り戻した。

窓を全開にすると夏の夜風が気持ちいい。

トラックがびゅんびゅん走る高速で大声で歌い、深夜のパーキングエリアで影踏みをして遊び、長いトンネルでは怪談話をした。

笑ってばかりで、東の空がほのかに色づくころに海岸線に出た。サーフショップやレストランが点在する長い道路を走っていると、水平線がうっすらと光りはじめた。

群青に淡い薔薇色が交じり、徐々に海も色を変えていく。

「夜明けだ」

「海だ」

わくわくしながら路肩に車を停めて、外に飛び出した。まだ空には星がいくつか瞬いている。

早朝の澄んだ空気を、胸いっぱいに吸い込んだ。

空の群青が吸い込まれるように薄くなっていく。夜明けだ。しばらく二人で輝く海を見ていた。

風が頬をかすめ、潮の匂いがする。

「拓斗」

「うん？」

ごく自然に顔を近づけると、森田が驚いたように目を見開いた。

目でいいのかと尋ねられ、碧は小さくうなずいた。

「誰もいないよ」

それに、もし見られたってかまわない。

碧の覚悟を読み取って、森田がふっと笑った。

「――」

柔らかな感触が唇に触れ、すぐに離れた。

「――へへ」

目を開けると至近距離で視線が合って、急に照れくさくなった。

「なんだよ」

「なんでもなーい」

碧はもう一度大きく深呼吸した。大好きな人と、心のままに恋をしている。

今、このときを、一生忘れない。

もう大切なことを人任せにはしない。


自分が大事にする人も、自分で決める。

11

久坂陣監督作品「夕暮れに月」初日舞台挨拶のチケットは数日で完売した。この予算規模の映画としては異例のことだ。

「すみません、もしかしたらご迷惑かけるかもしれません」

登壇前に、碧は久坂に先回りをして謝った。

少し前から、碧の周囲は急に慌ただしくなっていた。

森田と夜明けの海に行ったあと、碧は実家ではなく自分の部屋に帰った。入れ替わりのように父親が海外ロケから帰ってきて、社長と話し合ったらしく安土と事務所に呼び出された。

「おれは確かに黒木君と一時そういう関係でした」

社長に初めて事情を訊かれ、碧は正直に答えた。

「不倫してたわけじゃないし、お互い仕事に影響しないように注意してつき合っていました。確かに今の状況は不本意ですが、彼を訴える気はありません」

怒鳴りつけられるかも、と覚悟しつつ落ち着いて主張すると、今回はなぜかなにも言われず、ただ社員も部長も渋い顔をするだけだった。父親と対面するのは久しぶりで、腕組みをしたまま無言で瞑目している父が、ものすごく遠い存在に思えた。

「おれのスマホ、返してください」

もしかしたらクビになるかも、そうでなくても仕事もらえなくなるかも、と一瞬後悔しそうになったが、自分のスマホを取り返して、碧は顔を上げた。そうなったら今度こそ自分の力だけでやっていく。

「中原(なかはら)君は努力家だし、どこの現場でもスタッフさんに評判いいです。役者としてこれから伸びます。手ごたえがあります」

「タレントは人気商売だって安土だってよくわかってるだろ」

もういいから、と安土まで会議室から追い出された。

「ごめん。おれのせいで」

「なにその他人行儀」

すみませんでした、と頭を下げると安土が肩をすくめた。

「大丈夫、上もそこまで馬鹿じゃないよ。俺がいなくなったら女の子まとめられるマネージャーはいないし、碧はこれからなんだから」

あくまでも飄々(ひょうひょう)としている安土に、碧は心から感謝した。

「それより、これ」

「なに?」

安土が脇に抱えていたタブレット端末(たんまつ)を碧のほうに向けた。

「『ドラマランド』の最新トレンド、碧が載ってる」

「えっ？」

「ほらほら」

単話配信した「当て馬王子は挫けない」が人気ランキングに載っている。配信直後の反響を受けて冬ドラマの企画に上がったが、今回の件が影響しているのか、そこで話は止まっていた。

「なんで今ごろ…？」

どうやら人気レビュアーが力の入ったコラムを書いてくれたのをきっかけに、再度注目されたらしい。

「コラム読みたい。えっ、嬉しいな」

「それで久坂さんの映画のほうも、試写の評判がいいのよ」

「あ、それは知ってる」

「久坂さんの映画と配信ドラマ、テイストが全然違うだろ？　それで中原碧ってすごいんじゃないって話題になってて、いい波きてる」

「ほんとに？」

「ガチのファン以外、今どきの若い子、男とつき合ってたとかたいして気にしないしね」

嬉しかったが、もう碧は心に決めていた。

「安土さん、ごめん」

「なに」

「せっかくいい波きてるのに、おれ、迷惑かけるかもしれない」

「迷惑ねえ」

安土はいつもの淡々とした表情でタブレットを仕舞った。

「まあ、わがままな嬢に迷惑かけられるのには慣れてるからね、大丈夫よ」


舞台挨拶は予定通りなごやかに進んだ。

見渡す限り、会場は久坂のファンが半分、残りの半分がアート系映画を好む層と碧や主演女優のファン、そして芸能メディアの関係者もそこそこいる。

碧の名前で話題がとれると踏んだ芸能マスコミが、だんだんおおっぴらに姿を見せるようになっていた。

「脚本読んだときはイマイチよくわかんない映画だなって思ったし、撮影中はもっとわけわかんなかったけど、試写見て初めていい作品だって思いました」

森田が感想を訊かれて答えている。

「脚本もらってから試写見るまでの一年で、俺が変わったからかもしれない。はっきり割り切れる感情ばっかりじゃないいって気づいたっていうか」

脚本をもらってからの一年は、つまり自分と出会ってからの一年だ。

自分も彼と出会って変わった。

トークが終わって質疑応答に入ると、ファンに交じってあきらかな関係者が挙手を始めた。

「申し訳ございませんが、映画に関係のない質問はご遠慮下さい」

何度も司会が注意して、やや不穏な空気も流れたもののなんとか無事に終了した。

「いろいろ大変なこともあるだろうけど、頑張って」

舞台袖に戻り、久坂が声をかけてくれた。

「ありがとうございます」

「碧、行くよ」

舞台袖から通路に出る戸口で安土が待機している。森田と一緒に早足で廊下に出ると、予想通り芸能マスコミらしい男女が数人、待ち構えていた。安土が「下がってください」と両手を広げた。

「中原君、話聞かせてもらっていい？」

「黒木レノンと本当にそういう関係だった？」

もう何度か同じことがあり、そのたびに無視で通した。

「今日は君のファンの子たちもいっぱい来てるよね」

「心配してたよ。ファンになにか言うべきじゃない？」

「碧、行って」

安土に促されて行こうとしたとき、廊下の端に何人かの女の子が立っているのが見えた。スタッフオンリーのスタンドパネルの向こうで、心配そうにこっちを見ている。

「碧君！」

碧が顔を向けたのに気づいて、一斉に手を振ってくれた。

「応援してます！」

「頑張って」

自然に足が止まった。隣の森田も立ち止まっている。

「ほら、ファンが心配してる。なんか言ったら？」

一番前でにやにやしている男に、碧はまっすぐ目を向けた。腹が立つのに、なぜか頭の芯は冷えていた。

「でもあなたはおれのファンじゃないですよね？」

碧が真正面から言葉をかけてくるとは思っていなかったらしく、男が「は？」と眉を上げた。

「あなたたちは別におれのファンじゃないでしょ。だからあなたたちに話すことなんかなにもないです」

「碧」

「人前に出る仕事してたってプライベートはあるよね」

安土がたしなめようとしたが、森田が横から口を挟んだ。

「あー、森田君だっけ。きみ中原君とはどういう関係？」

「二人っきりで夜中のドライブ行く関係？」

別の男も割り込んできた。

「なんか二人のドライブ見たとかって話、聞いちゃったんだけど」

「へー、尾けたんだ」

森田が鼻で笑った。

「すげえ情熱」

「碧、森田君、行くよ」

今度こそ安土に背中を押され、歩き出しながら碧は廊下の端に佇んでいる女の子たちに大きく手を振った。

「いつもありがとう！　ラジオ聴いてね！」

今日は「シネマ日和」の放送がある。

「聴きます！」

「いつも聴いてるー！」

わっと反応がきて、碧はもう一度手を振った。ほんの少し、罪悪感が湧いた。ラジオを聴いて、彼女たちはどう思うだろう。

「ラジオかあ」

小走りで通用口に向かいながら、安土が嘆息（たんそく）した。

「さすがに怒られるな、あれは」

「収録止めないでくれてありがとう」

「まあね、こうなったら腹くくるしかない」

駐車場の車に乗り込み、シートベルトをしながら安土が運転席から振り返った。

「あそこまでしゃべっちゃったんだから、覚悟はできてるんだよね？　お二人さん」

「うん」

「もちろん」

問われて、ほぼ同時に答えた。安土が珍しく声を出して笑った。

「じゃあ問題ない」

12

安土（あづち）に送ってもらってマンションについて、二人で浴室に飛び込んだ。

明日はオフだ。

「あ、そろそろ時間じゃない？」

一緒にざっとシャワーを浴びてからバスパネルのスピーカーをオンにした。ラジオの感度は悪くないが、水流をミストにしても水音がじゃまになる。

「さっさと出よう」

ばたばた身体を拭いて、今度は寝室のワイヤレススピーカーをつけた。真理の声が流れてくる。

『……CMのあとは中原碧君の「シネマ日和」です。今日はちょっと趣向変えてるのでお楽しみに！』

「お、タイミングばっちり」

「拓斗、髪拭いて」

「甘えんな」

「拭いて」

「しょうがねえなあ」

くっついて大きなバスタオルで髪を拭いてもらい、合間に何度もキスをした。週末は碧のマンションで過ごすことが増えていて、森田の服や下着は一通り置いてある。

「ありがと」

「待てって、ちゃんと乾かさないとだろ」

「いいよ、もう始まっちゃう」

ドライヤーを取りに行こうとする森田の腕を引っ張って一緒にベッドに転がった。家具家電は手ごろな値段のもので揃えているが、睡眠は大事だから、とベッドだけは頑張っていいものを選んだ。正解だった。

「拓斗」

並んでのびのび寝そべってキスをしたら、ラジオはＣＭが明けてジングルが鳴った。

『こんばんは、中原碧です』

『森田です』

いつものオープニングのあと自分たちの声がして、森田がちょっと気恥ずかしそうに笑った。

『そして本日はわたくし、山内真理も入れていただきまして、三人でトークをしたいと思いまーす』

拍手のあとでよろしく、と挨拶をし合って、「夕暮れに月」のサントラが流れた。

「なんか変な感じだな、自分らのしゃべってるの聞くの」

「そう?」

「碧は慣れてるだろうけど」

「まあね」

『えー、それではさっそく、本日から公開の「夕暮れに月」について、久坂監督の大ファンでついに出演を果たした碧君と、監督にスカウトされた逸材の森田君に、わたくし真理ママがお話を聞いていきまーす』

真理の軽快な声を聞きながら自然に手を繋いだ。

映画のあらすじや見どころを真理が紹介して、撮影の裏話やアクシデントを質問されるまま二人で答えているのを聞きながら、碧は繋いだ手を持ち上げたり、寝返りを打ったりして緊張を和らげた。

『――さて、ここからちょっと映画から離れて、質問してもいいかしら?』

いよいよだ、と碧は森田の手をぎゅっと握った。

『はい、どうぞ』

『えっと、たぶん碧君のファンはみんな気になってると思うんだけど、黒木レノンさんのこと』

『はい』

打ち合わせで、真理は「本当にいいの?」と何回も確認してきた。安土は例によって電話で席を外していて、そのスキに段取りを決めてしまった。

『メディアでは、黒木さんがモデルとして活躍していた当時つき合ってた相手に、碧君の名前も入ってたよね』

『はい。黒木君とは半年くらいつき合っていました』

落ち着いて答えているのが、自分じゃないみたいだ。今ごろどきどきしているのが我ながらおかしい。

『そうなんだ』

『びっくりさせちゃったらごめんなさい。メディアに名前の出てる他の人のことは知らないですけど、少なくともおれは、黒木君とつき合ってました』

『名誉棄損で訴えるとかって話もあるけど』

『事実だから』

『訴えない？』

『はい』

『それで、えっと今は森田君とおつき合いしてるのね？』

『はい』

『そうです』

碧に続いて森田も落ち着いた声で答えた。

『もう一年くらいですね』

『もしかして、今回の映画がきっかけ？』

『碧が俺に一目惚れしたんだよな』

『そんなこと自分で言う？』

『違ったっけ』

『まあ、そうなんだけど』

森田の軽い口調につられてついいつものように言い返してしまい、空気が少しだけ軽くなった。

『碧君の一日惚れなんだ！　モリタク、かっこいいもんね』

真理も明るい声で笑った。

『でも碧君のファンにはショックかもしれないわね』

『もしそうだったら、ごめんなさい』

さすがにちょっと声が震えている。森田がぎゅっと手を握ってきた。

たぶん今、「こでまり」や「なつき」も、この放送を聞いている。

『碧のファン、本当にいい人ばっかりで、最初はやっぱり隠そうって二人で決めたんですけど』

『でもこうして話そうと思ったのはどうして？』

『黒木君のことがあって、いつも応援してくれてる人が暖かいコメントいっぱいくれてるの見て、黙ってるのがなんだか辛くなっちゃって』

『あー、番組のリスナーズボイスにも、あんなの嘘ですよねって感じのがいくつか来てました』

『ごめんなさい』

本当にごめん、と碧は心の中で謝った。

『またどこかのメディアで拓斗とつき合ってることが表に出るかもしれないし、それなら自分が一番自分らしくいられるところでちゃんと話そう、と思いました』

『うーん、こういうのって難しいけど、碧君はファンに嘘つきたくなかったんだよね？』

『そうです。もしがっかりさせちゃったり、嫌な気分にさせたとしたら、本当にごめんなさい。でもおれはただ好きな人と普通につき合いたいだけで、これからも仕事には全力で取り組むし、役者として少しでも成長できるように努力を続けるし、応援してくれる人を大事にしたいです』

『森田君は？』

『俺は表に出るのこれが最後だけど、ずっと碧を支えていくので、難しいかもしれないけど、変わらず碧を応援してもらえたら嬉しいです』

『うん、あたしは応援するよ！』

『ありがとうございます』

『それじゃ、そろそろ時間なので改めて。本日公開「夕暮れに月」、どうぞ劇場に足を運んでくださいね』

『よろしくお願いします』

収録のあと、安土は頭を抱えていたが、編集でカットしろと申し入れをするのは諦めてくれた。

碧は手を伸ばしてスピーカーの音量を下げた。映画のサントラがゆったりと流れる。

「――言っちゃった」

はー、と息をつくと森田が声を出して笑った。

「後悔してても遅いぞ？」

「しないよ。拓斗こそ、本当に大丈夫なの？」

「なにが」

「友達とか」

「あいつらは驚くのには慣れてるでしょ」

「会社は？」

「ラジオ出るのは許可取ってるよ」

そういうことじゃないんだけど、とくすっと笑い、拓斗なら平気だろうと思えることにほっとした。

「拓斗」

「なに」

「拓斗」

「うん？」

じゃれるようにくっつくと、抱きかかえられた。大きな手に、何もかも委ねたくなる。

「好きだ、碧」

明るい声で囁かれ、碧は全力で彼氏の首にしがみついた。

「おれも！」

彼となら、なにがあっても乗り越えられる。

ベッドの上で転がって、あちこちキスして、笑い合った。

もう自分の身体と同じくらいに相手の身体のことを知っている。気持ちのいいこと、感じるところ、して欲しいこと、したいこと。

「碧」

何度も身体を入れ替えて、森田が上から押さえつけてきた。

「──」

碧はキスに弱い。

正確には、森田のキスに弱い。

大きな舌に巻き取られ、強く吸われると、それだけで身体の芯(しん)が痺(しび)れてしまう。

「──ん、ぅ……」

「碧」

「あ、…ん……」

指を絡め、ぎゅっと握り込まれる。キスが生々しい欲望につながり、徐々に息が苦しくなった。

「碧、碧…」

声に熱がこもり、情熱的に抱きすくめられた。どんなときにもマイペースを貫(つらぬ)く彼が、この瞬間だけは余裕をなくし、全力で求めてくれる。

身体中の感じるところを感じるように愛撫され、碧も同じように返した。欲望をさらけ出し、貪り合う。こんなことをするのは彼とだけだ。

「は、あ……っ、ん、……」

高まっていく興奮に、碧は恋人に縋った。

「もう、して。したい」

短く懇願すると、大きな手がベッドの脇から必要なものをつかみだした。

「拓斗、…」

早く、とせがんで自分でうつぶせた。もうすっかり蕩けたところに充実したものがあてがわれ、期待で背中が震えた。

「――っ、あ、あ…っ」

恋と快感がいっしょくたになって押し寄せる。

「碧」

「――あ…っ……」

碧の負担を考えて、いつも最初はもどかしいほど優しい。試すように浅いところで抜き差しされて、碧は枕に顔をうずめた。愛されている。甘やかされている。

「あ、あ…」

緩い律動とともに少しずつ奥に入ってくる塊に、息が弾んだ。

「碧…」

いっぱいに広げられ、受け入れる快感でなにも考えられなくなった。

「いい、…すご、い…」

快感だけで満たされて、もっと、と身体がねだった。

「いい、――いい、拓斗、もっと奥…」

腰を固定されて、あ、と思った瞬間深く突き入れられた。

「あっ、あっ、……」

首元に熱い息がかかり、ぞくぞくする。

「碧」

我慢できない、というように急に動きが激しくなった。切羽詰まった声が耳を打ち、苦しいのに、苦しいのにも感じる。

気持ちいい、もっと、とうわごとのように繰り返し、求めて求められて、いつの間にか眠りに沈んでいた。


碧がふと目を覚ますと、枕元のライトが淡く光を放っていた。すぐそばで、森田が枕をクッション代わりにして起き上がり、スマホでなにか見ている。碧は何度か瞬きをした。目が覚めてすぐは頭がよく働かない。身体はすっかりきれいになっていて、軽いブランケットが肩までかかっていた。寝室はエアコンが利いて、ひんやりと心地いい。

身じろぎをすると森田が気づいた。

「碧?」

「んー…何時……?」

「一時半。水飲むか?」

ベッドの横のテーブルからペットボトルを取って手渡してくれたので、碧ももぞもぞ起き上がった。冷たい水で喉を潤すと、徐々に頭がはっきりしてきた。

「なに見てるの…?」

「リスナーズコメント。この前、パスワード教えてくれただろ?」

そうだった、と碧はペットボトルから口を離した。

「もうネットニュースになってたぞ」

「えっ」

スマホに目をやったまま、森田がにやっと笑った。

「碧は見なくていいよ」

「うわー…でも気になる…」

やっぱりネガティブに受け取られてるのかな、と森田の表情を読もうとした。

「ラジオのリスナーズボイスもすごいことになってる」

「だよね」

今さら怖くなってきた。森田の肩によりかかると、片手で頭をぽんと押され、碧は森田の首元に頭を乗せた。

「『碧君のカムアウト、びっくりしたけど感動しました。勇気出してくれてありがとう』『いろんな意見あると思うけど、自分の口で話してくれたこと、わたしは誠実だなって思いましたよ』」

森田が碧の頭を撫でながらリスナーズボイスを読み上げ始めた。

「『前にモリタクとトークしてたの面白くていいコンビだと思ってたけどつき合ってたなんてびっくり！　お幸せに！』『まだ変ないちゃもんつけてくる人もいるかもだけど、別にいいよね』……」

「それ、好意的なのだけ選んでるよね…？」

「そうだけど？」

森田がけろっと答えた。

「わざわざムカつくの見ることねえだろ。あ、これ「こでまり」だ」

それはずっと碧を見守ってくれているファンのアカウント名だ。どきっとした。

「なんて…？」

「――『正直なことを言うと、ショックでした。でも今日「夕暮れに月」を見て、碧君はこんなすごい役者さんになったんだ、応援してきて本当によかったなって心から思ったし、だから碧君が自分の言葉で直接話してくれたこと、わたしは受け止めます』……」

急に喉の奥が締め付けられて、碧は両手で顔を覆った。

「『消化できるまで少しかかるかもしれないけど、碧君を応援する気持ちは変わりません。きっと大変なこともいっぱいあると思うけど、健康第一で、森田君と仲良く楽しく過ごしてください』」

涙があふれてきて、ブランケットに落ちた。

「仲良く楽しく過ごさねえとな?」

森田の大きな手が髪を撫でる。

碧は顔を覆ったまま、うなずいた。

13

モニターにシャープな美形が映っている。五年前より鋭角的に研ぎ澄まされているが、確かに彼だ。

『碧君、久しぶり』

黒木レノンから事務所を通じて連絡がきたのは先週のことだった。

「例の件で謝りたいって」

今さら、というニュアンスで安土は肩をすくめていたが、あれからもう半年経ったのか、と碧はしばらく感慨に打たれた。短かったような、長かったような、不思議な感じだ。

ラジオでの発言のあと、事務所の大慌ての協議の結果、碧は改めて公式ＳＮＳにカムアウトの文章を出した。

当初こそ悪意や下品な好奇心もぶつけられたが、それまで「面白みのない優等生」というイメージが強かったぶん、意外性からかえって好意的に受け入れられるようになり、両親は「古き良き伝統的な夫婦」から「新しい価値観にアップデートしていくこれからの夫婦」にしっかりクラスチェンジした。

コメンテーターとして呼ばれた番組でジェンダー問題を扱ったりすると、すかさず「うちも息子のことがあるのでよくわかるんですが」と理解ある顔でコメントするので、さすが芸歴長いだけあって逞しいな…と感心している。健康ドリンクや贅沢な温泉旅行の宣伝でも相変わらず元気だ。

姉からも「ゲイって美容に気を使うイメージあるからそのうちメンズラインで協力してよ」と連絡がきた。気が進まなかったのでそう答えると「ケチ」と返ってきて笑った。それをきっかけに時折メッセージのやりとりをするようになり、母親からも「たまには顔を見せにきて」

などと連絡が入って、以前より関係はよくなった。

たった半年で、本当にいろんなことが変わったなと思う。

「久しぶり、黒木君」

黒木はバンコクの別荘に滞在しているとかで、膝に犬を抱いていた。

『僕の軽率な発言で迷惑かけちゃって、本当にごめんね』

申し訳なさそうに謝られて、碧は首を振った。

「ううん。おかげでいろいろふっ切れて、感謝してるくらい」

『碧君くらいだよ、そんなこと言ってくれるの』

黒木が苦笑いをした。

他のタレントたちは名誉棄損で訴えると息まいていたが、政治スキャンダルが起こって世間の関心がそっちに向かうと、これ幸いとうやむやにしてしまった。

「黒木君は今どうしてるの？」

『彼の仕事の手伝いしてるよ。いくつか会社持ってて、僕はジュエリーブランドとアパレル任されてる』

黒木は愛人をしているとすっぱ抜かれた相手と、彼の国で結婚していた。

『それなのに愛人とか、ひどいよね。あのとき日本に帰国してて、沢木さんとばったり会ったら、あの人めちゃめちゃ迷惑そうな顔してさ。そんなこともあって、小銭稼ぎの芸能マスコミの挑発なんかに乗っちゃって。碧君の名前は本当に出すつもりなかったんだよ。なんで口滑らしちゃったのかなあ』

話をしていると、親しくしていたのが五年も前だというのが嘘のようだ。

碧は今日はオフで、ジムから帰ったところだった。黒木もリラックスして膝の小型犬をかまっている。

『なんか、ずいぶん会ってなかったのにそんな気しないね。いや碧君すごく男っぽくなってるけど』

「うん、黒木君も」

『そうだ、映画見たよ。「夕暮れに月」、すごくよかった』

「本当に？　ありがとう」

『なんかの賞とったんだよね？　僕はあんまり映画詳しくないんだけど』

「うん。久坂さん…、監督もすごく喜んでた」

「夕暮れに月」は北欧の映画祭で作品賞と脚本賞を取り、再上映が検討されていた。碧は助演男優賞にノミネートされ、残念ながら受賞は逃したが、初めて参加した映画祭で現地のメディアに「アオ」と声をかけられる経験をした。

『今は？　なにかの撮影中？』

「今はね、学園ドラマの当て馬王子」

『あてうま…なに？』

黒木が首を傾げた。

「企画のまま止まってた少女漫画のスピンオフドラマ。主演やるんだ」

そうなんだ、と黒木が目を丸くした。ふり幅が大きい、とドラマの人気レビュアーにも評されている。

『いろいろやるんだね』

「前は事務所にいい顔されなかったからあんまり挑戦してなかったんだけど、これからは興味のある作品はどんどんオーディション受けに行くつもり」

『いいね』

黒木が微笑んだ。

『碧君いつも一生懸命で、僕、きみとは友達になりたかったな』

「次に帰国したとき、よかったらご飯でも行かない？」

『いいの？』

「いいよ」

『碧君の彼氏、怒らないかな』

黒木が碧の後ろに目をやってくすりと笑った。

「え、いつからいたの⁉」

後ろに森田が立っていたので驚いた。スーツ姿で、手にビジネスボストンを持っている。

「案件ひとつリスケになったから早く終わった」

「そうなんだ」

出張の帰りに寄る、とは聞いていたが、こんなに早いとは思っていなかった。

「初めまして、森田です」

『黒木です』

モニター越しに初対面の挨拶をして、森田は「昔の友達と飯食うくらいで怒らないですよ」とにやっとした。

「そこまで心狭くないんで」

かつての「美形男性の代名詞」にここまで堂々とした態度がとれる一般人はそうそういないだろう。

それじゃ、と森田はそのまま洗面所のほうに去って行った。

『彼氏、カッコいいね』

「でしょ？　中身も最高にカッコいいよ」

黒木が冷やかすように笑い、碧も遠慮なくのろけた。

『碧君がべた惚れだから、あんなに余裕なんだね』

「そういうこと」

でも最近気が付いた。碧がラブシーンを演じると、その夜はいつもより行為が濃厚になる。

『一緒に暮らしてるの?』

「まだ。でもそのうち一緒に住むと思う」

自分で家を借りたい、という目標はまだ達成していない。そのときは森田と一緒に暮らすつもりだ。

やりたいことはぜんぶやる。

車は自分で運転するし、興味のある作品のオーディションには片っ端から応募するし、好きな人とはずっと一緒にいる。

また会おうね、と約束しあってモニターを消し、碧はシャワーを浴びている恋人のところに急いだ。

あとがき

AFTERWORD……安西リカ

こんにちは、安西リカです。

毎回カウントしていて止め時がわからなくなっているのですが、ディアプラスさんから二十八冊目の文庫を出していただくことになりました。

ここまでやってこれたのは、ひとえに手に取って下さる読者さまのおかげです。本当にありがとうございました……！

今回は楢島サチ先生にイラストをお願いできる、というところからスタートいたしまして、先生の明るくポップな絵柄に合う楽しく華やかなお話を！　と意気込んで考えました。

可愛いキャラがいいな、アイドルとかどうだろうとあれこれ妄想していたので、ラフをいただいてとても感激しました。可愛いです！　ありがとうございました。

結局アイドルではなく俳優と大学生の組み合わせで、攻は途中で会社員になっちゃいますし、最初に目指していたものよりだいぶ地味目な仕上がりになってしまいましたが、芸能界のお話が書けてとても楽しく、満足しています。

読んで下さった方にも少しでも楽しんでいただけますように…！

楢島先生、ご縁がいただけて嬉しかったです。ありがとうございました。

いつもお世話になっている担当さま、今回もたくさん助けていただいて感謝しております。

関わって下さった方々にもお礼申し上げます。

なによりここまで読んで下さった読者さま。

本当にありがとうございました。

これからもぼちぼちマイペースで書いていきたいと思っていますので、またどこかでお目にかかれることを祈っております。

どうぞよろしくお願いいたします。

安西リカ

この本を読んでのご意見、ご感想などをお寄せください。
安西リカ先生・楢島さち先生へのはげましのおたよりもお待ちしております。

〒113-0024　東京都文京区西片2-19-18　新書館
[編集部へのご意見・ご感想] ディアプラス文庫編集部「ラブシーンのあとで」係
[先生方へのおたより] ディアプラス文庫編集部気付　○○先生

- 初 出 -
ラブシーンのあとで：書き下ろし

ラブシーンのあとで

著者：安西リカ　あんざい・りか

初版発行：2024 年 7 月 25 日

発行所：株式会社 新書館
[編集] 〒113-0024
東京都文京区西片2-19-18　電話（03）3811-2631
[営業] 〒174-0043
東京都板橋区坂下1-22-14　電話（03）5970-3840
[URL] https://www.shinshokan.co.jp/

印刷・製本：株式会社 光邦

ISBN978-4-403-52603-9